C.

LA COMTESSE

DE RUDOLSTADT.

LIVRES DE FONDS.

—

GEORGE SAND.

Consuelo.	8 vol. in-8.
Horace.	3 vol. in-8.

Mme MÉLANIE WALDOR.

La Coupe de Corail.	2 vol. in-8.
André le Vendéen.	2 vol. in-8.

S. HENRY BERTHOUD.

La Bague Antique.
- *Première série.* — Courtisanne et Sainte. 2 vol. in-8.
- *Deuxième série.* — Gabriel Rusconnetz. 2 vol. in-8.
- *Troisième série.* — Berthe Frémicourt. 2 vol. in-8.
- *Quatrième série.* — L'Enfant sans Mère. 2 vol. in-8.

TOUCHARD LAFOSSE.

Hélène de Poitiers.	2 vol. in-8.
Un Lion aux bains de Vichy.	2 vol. in-8.
Le Rémouleur ou la Jeunesse dorée.	2 vol. in-8.
Les trois Aristocraties	2 vol. in-8.
Une Conspiration d'Opéra.	2 vol. in-8.

—

Andalousia, par LOTTIN DE LAVAL.	2 vol. in-8.
Les Comtes de Montgommery, par LE MÊME.	2 vol. in-8.
Le Cabaret de Ramponneau, par AMÉDÉE DE BAST.	2 vol. in-8.
Les Brodeuses de la Reine, par ERNEST ALBY.	2 vol. in-8.
L'Échelle de Soie, par HYPPOLYTE LUCAS.	2 vol. in-8.
Le Grenadier de l'île d'Elbe, par BARGINET (de Grenoble).	2 vol. in-8.
Fleur d'Épée, par A. de KERMAINGUY.	2 vol. in-8.
Le Diamant de la Vouivre, par LOUIS JOUSSERANDOT.	2 vol. in-8.
Le Capitaine Spartacus, par PAUL FÉVAL.	2 vol. in-8.
Le Duc de Bassano, souvenirs intimes de la République et de l'Empire, recueillis et publiés par CHARLOTTE DE SOR.	2 vol. in-8.
Un Secret dans le Mariage, par MADAME SOPHIE PANNIER.	2 vol. in-8.
Les Deux Amours, par ÉMILE BIGILLION.	2 vol. in-8.
La Poule aux Œufs d'or, par JULES LACROIX.	2 vol. in-8.

Sceaux. — Impr. de E. Dépée.

GEORGE SAND.

—

LA COMTESSE

DE

RUDOLSTADT.

I

PARIS,

L. DE POTTER, LIBRAIRE-ÉDITEUR,
Rue Saint-Jacques, 58.

1844.
1843

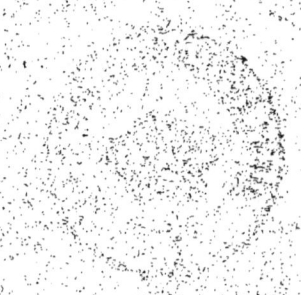

1

La salle de l'Opéra italien de Berlin, bâtie durant les premières années du règne de Frédéric le Grand, était alors une des plus belles de l'Europe. L'entrée en était gratuite, le spectacle étant payé par le roi. Il fallait néanmoins des billets pour y être admis, car toutes les

loges avaient leur destination fixe : ici les princes et princesses de la famille royale; là
le corps diplomatique, puis les voyageurs illustres, puis l'Académie, ailleurs les géné-
raux; enfin partout la famille du roi, la maison du roi, les salariés du roi, les protégés
du roi; et sans qu'on eût lieu de s'en plaindre, puisque c'étaient le théâtre du roi et les
comédiens du roi. Restait, pour les bons ha-
bitants de la bonne ville de Berlin, une petite
partie du parterre; car la majeure partie était
occupée par les militaires, chaque régiment
ayant le droit d'y envoyer un certain nombre
d'hommes par compagnie. Au lieu du peuple
joyeux, impressionnable et intelligent de Paris, les artistes avaient donc sous les yeux un
parterre de *héros de six pieds*, comme les appelait Voltaire, coiffés de hauts bonnets, et la
plupart surmontés de leurs femmes qu'ils pre-
naient sur leurs épaules, le tout formant une

société assez brutale, sentant fort le tabac et l'eau-de-vie, ne comprenant rien de rien, ouvrant de grands yeux, ne se permettant d'applaudir ni de siffler, par respect pour la consigne, et faisant néanmoins beaucoup de bruit par son mouvement perpétuel.

Il y avait infailliblement derrière ces messieurs deux rangs de loges d'où les spectateurs ne voyaient et n'entendaient rien; mais, par convenance, ils étaient forcés d'assister régulièrement au spectacle que Sa Majesté avait la munificence de leur payer. Sa Majesté elle-même ne manquait aucune représentation. C'était une manière de tenir militairement sous ses yeux les nombreux membres de sa famille et l'inquiète fourmilière de ses courtisans. Son père, le Gros-Guillaume, lui avait donné cet exemple, dans une salle de planches mal jointes, où, en présence de mauvais histrions allemands, la famille royale et la cour

se morfondaient douloureusement tous les
soirs d'hiver, et recevaient la pluie sans sour-
ciller, tandis que le roi dormait. Frédéric avait
souffert de cette tyrannie domestique, il l'avait
maudite, il l'avait subie, et il l'avait bientôt
remise en vigueur dès qu'il avait été maître à
son tour, ainsi que beaucoup d'autres cou-
tumes beaucoup plus despotiques et cruelles,
dont il avait reconnu l'excellence depuis qu'il
était le seul de son royaume à n'en plus
souffrir.

Cependant on n'osait se plaindre. Le local
était superbe, l'Opéra monté avec luxe, les artistes remarquables; et le roi, presque toujours debout à l'orchestre près de la rampe,
la lorgnette braquée sur le théâtre, donnait
l'exemple d'un dilettantisme infatigable.

On sait tous les éloges que Voltaire, dans
les premiers temps de son installation à Berlin, donnait aux splendeurs de la cour du

Salomon du Nord. Dédaigné par Louis XV,
négligé par sa protectrice madame de Pompadour, persécuté par la plèbe des jésuites,
sifflé au Théâtre-Français, il était venu chercher, dans un jour de dépit, des honneurs,
des appointements, un titre de chambellan,
un grand cordon et l'intimité d'un roi philosophe, plus flatteuse à ses yeux que le reste.
Comme un grand enfant, le grand Voltaire
boudait la France, et croyait faire *crever de
dépit* ses ingrats compatriotes. Il était donc un
peu enivré de sa nouvelle gloire lorsqu'il écri-
vait à ses amis que Berlin valait bien Versail-
les, que l'opéra de *Phaëton* était le plus beau
spectacle qu'on pût voir, et que la prima dona
avait la plus belle voix de l'Europe.

Cependant, à l'époque où nous reprenons
notre récit (et, pour ne pas faire travailler l'esprit de nos lectrices, nous les avertirons qu'un
an s'est presque écoulé depuis les dernières

aventures de Consuelo), l'hiver se faisant sentir dans toute sa rigueur à Berlin, et le grand
roi s'étant un peu montré sous son véritable
jour, Voltaire commençait à se désillusionner
singulièrement de la Prusse. Il était là dans sa
loge entre d'Argens et La Mettrie, ne faisant
plus semblant d'aimer la musique, qu'il n'a-
vait jamais sentie plus que la véritable poésie.
Il avait des douleurs d'entrailles, et il se rap-
pelait mélancoliquement cet ingrat public des
brûlantes banquettes de Paris, dont la résis-
tance lui avait été si amère, dont les applaudissements lui avaient été si doux, dont le
contact, en un mot, l'avait si terriblement
ému qu'il avait juré de ne plus s'y exposer,
quoiqu'il ne pût s'empêcher d'y songer sans
cesse et de travailler pour lui sans relâche.

Ce soir-là pourtant le spectacle était excellent. On était en carnaval ; toute la famille
royale, même les margraves mariées au fond

de l'Allemagne, était réunie à Berlin. On donnait le *Titus* de Métastase et de Hasse, et les deux premiers sujets de la troupe italienne, le Porporino et la Porporina, remplissaient les deux premiers rôles.

Si nos lectrices daignent faire un léger effort de mémoire, elles se rappelleront que ces deux personnages dramatiques n'étaient pas mari et femme comme leur nom de guerre semblerait l'indiquer; mais que le premier était le signor Uberti, excellent contralto, et le second, la Zingarella Consuelo, admirable cantatrice, tous deux élèves du professeur Porpora, qui leur avait permis, suivant la coutume italienne du temps, de porter le glorieux nom de leur maître.

Il faut avouer que la signora Porporina ne chantait pas en Prusse avec tout l'élan dont elle s'était sentie capable dans des jours meilleurs. Tandis que le limpide contralto de son

camarade résonnait sans défaillance sous les
voûtes de l'Opéra berlinois, à l'abri d'une
existence assurée, d'une habitude de succès
incontestés, et d'un traitement invariable de
quinze mille livres de rente pour deux mois
de travail ; la pauvre Zingarella , plus romanesque peut-être , plus désintéressée à coup
sûr, et moins accoutumée aux glaces du Nord
et à celles d'un public de caporaux prussiens,
ne se sentait point électrisée et chantait avec
cette méthode consciencieuse et parfaite qui
ne laisse pas de prise à la critique, mais qui
ne suffit pas pour exciter l'enthousiasme.
L'enthousiasme de l'artiste dramatique et celui de l'auditoire ne peuvent se passer l'un de
l'autre. Or il n'y avait pas d'enthousiasme à
Berlin sous le glorieux règne de Frédéric le
Grand. La régularité, l'obéissance, et ce qu'on
appelait au dix-huitième siècle et particulièrement chez Frédéric *la raison*, c'étaient là

les seules vertus qui pussent éclore dans cette
atmosphère pesée et mesurée de la main du
roi. Dans toute assemblée présidée par lui, on
ne soufflait, on ne respirait qu'autant que le
roi voulait bien le permettre. Il n'y avait dans
toute cette masse de spectateurs qu'un spec-
tateur libre de s'abandonner à ses impressions, et c'était le roi. Il était à lui seul tout
le public, et, quoiqu'il fût bon musicien,
quoiqu'il aimât la musique, toutes ses facultés, tous ses goûts étaient subordonnés à une
logique si glacée, que le lorgnon royal attaché
à tous les gestes et, on eût dit à toutes les in-
flexions de voix de la cantatrice, au lieu de
la stimuler, la paralysaient entièrement.

Bien lui prenait, au reste, de subir cette
pénible fascination. La moindre dose d'inspiration, le moindre accès d'entraînement im-
prevu, eussent probablement scandalisé le roi
et la cour; tandis que les traits savants et dif-

ficiles, exécutés avec la pureté d'un mécanisme irréprochable, ravissaient le roi, la cour et Voltaire. Voltaire disait, comme chacun sait : « La musique italienne l'emporte de beaucoup sur la musique française, parce qu'elle est plus ornée, *et que la difficulté vaincue est au moins quelque chose.* » Voilà comme Voltaire entendait l'art. Il eût pu dire comme un certain plaisant de nos jours, à qui l'on demandait s'il aimait la musique : Elle ne me gêne pas précisément.

Tout allait fort bien, et l'opéra arrivait sans encombre au dénoûment ; le roi était fort satisfait, et se tournait de temps en temps vers son maître de chapelle pour lui exprimer d'un signe de tête son approbation ; il s'apprêtait même à applaudir la Porporina à la fin de sa cavatine, ainsi qu'il avait la bonté de le faire en personne et toujours judicieusement, lorsque, par un caprice inexplicable, la Porpo-

rina, au milieu d'une roulade brillante qu'elle
n'avait jamais manquée, s'arrêta court, fixa
des yeux hagards vers un coin de la salle,
joignit les mains en s'écriant : *Ô mon Dieu !*
et tomba évanouie tout de son long sur les
planches. Porporino s'empressa de la relever,
il fallut l'emporter dans la coulisse, et un
bourdonnement de questions, de réflexions et
de commentaires s'éleva dans la salle. Pendant
cette agitation le roi apostropha le ténor resté
en scène, et, à la faveur du bruit qui couvrait
sa voix : Eh bien, qu'est-ce que c'est? dit-il
de son ton bref et impérieux; qu'est-ce que
cela veut dire? Conciolini, allez donc voir, dé-
pêchez-vous ! — Conciolini revint au bout de
quelques secondes, et se penchant respec-
tueusement au-dessus de la rampe près de laquelle le roi se tenait accoudé et toujours
debout : Sire, dit-il, la signora Porporina est

comme morte. On craint qu'elle ne puisse pas
achever l'opéra.

« Allons donc! dit le roi en haussant les
épaules; qu'on lui donne un verre d'eau, qu'on
lui fasse respirer quelque chose, et que cela
finisse le plus tôt possible. »

Le sopraniste, qui n'avait nulle envie d'im-
patienter le roi et d'essuyer en public une
bordée de mauvaise humeur, rentra dans la
coulisse en courant comme un rat, et le roi se
mit à causer avec vivacité avec le chef d'orchestre et les musiciens, tandis que la partie
du public qui s'intéressait beaucoup plus à
l'humeur du roi qu'à la pauvre Porporina
faisait des efforts inouïs, mais inutiles, pour
entendre les paroles du monarque.

Le baron de Pœlnitz, grand chambellan du
roi et directeur des spectacles, vint bientôt
rendre compte à Frédéric de la situation.
Chez Frédéric, rien ne se passait avec cette

solennité qu'impose un public indépendant et puissant. Le roi était partout chez lui, le spectacle était à lui et pour lui. Personne ne s'étonna de le voir devenir le principal acteur de cet intermède imprévu.

« Eh bien ! voyons, baron ! disait-il assez haut pour être entendu d'une partie de l'orchestre, cela finira-t-il bientôt ? c'est ridicule ! Est-ce que vous n'avez pas un médecin dans la coulisse ? vous devez toujours avoir un médecin sur le théâtre.

— Sire, le médecin est là. Il n'ose saigner la cantatrice, dans la crainte de l'affaiblir et de l'empêcher de continuer son rôle. Cependant il sera forcé d'en venir là, si elle ne sort pas de cet évanouissement.

— C'est donc sérieux ! ce n'est donc pas une grimace, au moins ?

— Sire, cela me paraît fort sérieux.

— En ce cas, faites baisser la toile, et allons-

nous-en ; ou bien que Porporino vienne nous
chanter quelque chose pour nous dédomma-
ger, et pour que nous ne finissions pas sur
une catastrophe. »

Porporino obéit , chanta admirablement
deux morceaux. Le roi battit des mains , le
public l'imita, et la représentation fut termi-
née. Une minute après, tandis que la cour et
la ville sortaient, le roi était sur le théâtre , et
se faisait conduire par Pœlnitz à la loge de la
prima dona.

Une actrice qui se trouve mal en scèncn'est
pas un événement auquel tout public compa-
tisse comme il le devrait ; en général, quelque
adorée que soit l'idole, il entre tant d'égoïsme
dans les jouissances du *dilettante*, qu'il est
beaucoup plus contrarié d'en perdre une
partie par l'interruption du spectacle, qu'il
n'est affecté des souffrances et de l'angoisse de
la victime. Quelques femmes *sensibles*, comme

on disait dans ce temps-là, déplorèrent en ces termes la catastrophe de la soirée :

« Pauvre petite ! elle aura eu *un chat* dans le gosier au moment de faire son trille, et, dans la crainte de le manquer, elle aura préféré se trouver mal.

— Moi, je croirais assez qu'elle n'a pas fait semblant, dit une dame encore plus sensible : on ne tombe pas de cette force-là quand on n'est pas véritablement malade.

— Ah ! qui sait, ma chère ? reprit la première ; quand on est grande comédienne, on tombe comme l'on veut, et on ne craint pas de se faire un peu de mal. Cela fait si bien dans le public !

— Que diable a donc eu cette Porporina ce soir, pour nous faire un pareil esclandre ! disait, dans un autre endroit du vestibule, où se pressait le beau monde en sortant, La

Mettrie au marquis d'Argens ! Est-ce que son amant l'aurait battue ?

— Ne parlez pas ainsi d'une fille charmante et vertueuse, répondit le marquis ; elle n'a pas d'amant, et si elle en a jamais, elle ne méritera pas d'être outragée par lui, à moins qu'il ne soit le dernier des hommes.

— Ah ! pardon, marquis ! j'oubliais que je parlais au preux chevalier de toutes les filles de théâtre, passées, présentes et futures ! A propos, comment se porte mademoiselle Cochois ?

— Ma chère enfant, disait au même instant la princesse Amélie de Prusse, sœur du roi, abbesse de Quedlimburg, à sa confidente ordinaire, la belle comtesse de Kleist, en revenant dans sa voiture au palais ; as-tu remarqué l'agitation de mon frère pendant l'aventure de ce soir ?

— Non, madame, répondit madame de

Maupertuis, grande gouvernante de la princesse, personne excellente, fort simple et fort
distraite ; je ne l'ai pas remarquée.

— Eh ! ce n'est pas à toi que je parle, reprit
la princesse avec ce ton brusque et décidé qui
lui donnait parfois tant d'analogie avec Frédéric : est-ce que tu remarques quelque chose,
toi ? Tiens ! remarque les étoiles dans ce moment-ci : j'ai quelque chose à dire à de Kleist,
que je ne veux pas que tu entendes. »

Madame de Maupertuis ferma consciencieu-
ment l'oreille, et la princesse, se penchant
vers madame de Kleist, assise vis-à-vis d'elle,
continua ainsi :

« Tu diras ce que tu voudras ; il me semble
que pour la première fois depuis quinze ans
ou vingt ans peut-être, depuis que je suis en
âge d'observer et de comprendre, le roi est
amoureux.

— Votre Altesse royale en disait autant

l'année dernière à propos de mademoiselle
Barberini, et cependant Sa Majesté n'y avait
jamais songé.

— Jamais songé ! Tu te trompes, mon enfant. Il y avait tellement songé, que lorsque le
jeune chancelier Cocceï en a fait sa femme,
mon frère a été travaillé, pendant trois jours,
de la plus belle colère rentrée qu'il ait eu de
sa vie.

— Votre Altesse sait bien que Sa Majesté
ne peut pas souffrir les mésalliances.

— Oui, les mariages d'amour, cela s'appelle
ainsi. Mésalliance ! ah ! le grand mot ! vide de
sens, comme tous les mots qui gouvernent le
monde et tyrannisent les individus. » La princesse fit un grand soupir, et, passant rapidement, selon sa coutume, à une autre disposition d'esprit, elle dit, avec ironie et impatience,
à sa grande gouvernante : « Maupertuis, tu
nous écoutes ! tu ne regardes pas les astres,

comme je te l'ai ordonné. C'est bien la peine d'être la femme d'un si grand savant, pour écouter les balivernes de deux folles comme de Kleist et moi !

— Oui, je te dis, reprit-elle en s'adressant à sa favorite, que le roi a eu une velléité d'amour pour cette Barberini. Je sais , de bonne source, qu'il a été souvent prendre le thé, avec Jordan et Chazols , dans son appartement , après le spectacle ; et que même elle a été plus d'une fois des soupers de Sans-Souci , ce qui était, avant elle, sans exemple dans la vie de Potzdam. Veux-tu que je te dise davantage ? Elle y a demeuré, elle y a eu un appartement, pendant des semaines et peut-être des mois entiers. Tu vois que je sais assez bien ce qui se passe, et que les airs mystérieux de mon frère ne m'en imposent pas.

— Puisque Votre Altesse royale est si bien informée, elle n'ignore pas que, pour des

raisons.... d'État, qu'il ne m'appartient pas
de deviner, le roi a voulu quelquefois faire
accroire aux gens qu'il n'était pas si austère
qu'on le présumait, bien qu'au fond....

— Bien qu'au fond mon frère n'ait jamais
aimé aucune femme, pas même la sienne, à ce
qu'on dit, et à ce qu'il semble ? Eh bien,
moi, je ne crois pas à cette vertu, encore moins
à cette froideur. Frédéric a toujours été hypo-
crite, vois-tu. Mais il ne me persuadera pas
que mademoiselle Barberini ait demeuré dans
son palais pour faire seulement semblant d'être
sa maîtresse. Elle est jolie comme un ange,
elle a de l'esprit comme un diable, elle est
instruite, elle parle je ne sais combien de langues.

— Elle est très vertueuse, elle adore son
mari.

— Et son mari l'adore, d'autant plus que
c'est une épouvantable mésalliance, n'est-ce

pas, de Kleist? Allons, tu ne veux pas me répondre ? Je te soupçonne, noble veuve, d'en méditer une avec quelque pauvre page, ou quelque mince bachelier ès-sciences.

— Et Votre Altesse voudrait voir aussi une mésalliance de cœur s'établir entre le roi et quelque demoiselle d'Opéra?

— Ah! avec la Porporina la chose serait plus probable et la distance moins effrayante. J'imagine qu'au théâtre, comme à la cour, il y a une hiérarchie, car c'est la fantaisie et la maladie du genre humain que ce préjugé-là. Une chanteuse doit s'estimer beaucoup plus qu'une danseuse; et l'on dit d'ailleurs que cette Porporina a encore plus d'esprit, d'instruction, de grâce, enfin qu'elle sait encore plus de langues que la Barberini. Parler les langues qu'il ne sait pas, c'est la manie de mon frère. Et puis la musique, qu'il fait semblant d'aimer aussi beaucoup, quoiqu'il ne

s'en doute pas, vois-tu ?.... C'est encore un
point de contact avec notre prima-donna. Enfin elle va aussi à Potzdam l'été, elle a l'appartement que la Barberini occupait au nouveau
Sans-Souci, elle chante dans les petits concerts
du roi... N'en est-ce pas assez pour que ma
conjecture soit vraie ?

— Votre Altesse se flatte en vain, de surprendre une faiblesse dans la vie de notre
grand prince. Tout cela est fait trop ostensi-
blement et trop gravement pour que l'amour y
soit pour rien.

— L'amour, non. Fréderic ne sait ce que
c'est que l'amour; mais un certain attrait,
une petite intrigue. Tout le monde se dit cela
tout bas, tu n'en peux pas disconvenir.

— Personne ne le croit, madame. On se
dit que le roi pour se désennuyer, s'efforce de
s'amuser du caquet et des jolies roulades d'une
actrice; mais qu'au bout d'un quart d'heure

de paroles et de roulades, il lui dit, comme il dirait à un de ses secrétaires : « C'est assez pour aujourd'hui ; si j'ai envie de vous entendre demain, je vous ferai avertir. »

— Ce n'est pas galant. Si c'est ainsi qu'il faisait la cour à madame de Cocceï, je ne m'étonne pas qu'elle n'ait jamais pu le souffrir. Dit-on que cette Porporina ait l'humeur aussi sauvage avec lui?

— On dit qu'elle est parfaitement modeste, convenable, craintive et triste.

— Eh bien, ce serait le meilleur moyen de plaire au roi. Peut-être est-elle fort habile. Si elle pouvait l'être! et si l'on pouvait se fier à elle!

—Ne vous fiez à personne, madame, je vous en supplie, pas même à madame de Maupertuis, qui dort si profondément dans ce moment-ci.

— Laisse-la ronfler. Éveillée ou endormie,

c'est toujours la même bête... C'est égal, de
Kleist, je voudrais connaître cette Porporina,
et savoir si l'on peut tirer d'elle quelque
chose. Je regrette beaucoup de n'avoir pas
voulu la recevoir chez moi, lorsque le roi m'a
proposé de me l'amener le matin pour faire de
la musique : tu sais que j'avais une prévention
contre elle...

— Mal fondée, certainement. Il était bien
impossible...

— Ah ! qu'il en soit ce que Dieu voudra ! le
chagrin et l'épouvante m'ont tellement tra-
vaillée depuis un an, que les soucis secon-
daires se sont effacés. J'ai envie de voir cette
fille. Qui sait si elle ne pourrait pas obtenir du
roi ce que nous implorons vainement ? Je me
suis figuré cela depuis quelques jours, et
comme je ne pense pas à autre chose qu'à ce
que tu sais, en voyant Frédéric s'agiter et
s'inquiéter ce soir à propos d'elle, je me suis

affermie dans l'idée qu'il y avait là une porte de salut.

—Que Votre Altesse y prenne bien garde... le danger est grand.

— Tu dis toujours cela ; j'ai plus de méfiance et de prudence que toi. Allons, il faudra y penser. Réveille ma chère gouvernante, nous arrivons. »

2

Pendant que la jeune et belle abbesse (1)
se livrait à ses commentaires, le roi entrait

(1) On sait que Frédéric donnait des abbayes, des cano-
nicats et des évéchés à ses favoris, à ses officiers et à ses
parents protestants. La princesse Amélie, ayant refusé
obstinément de se marier, avait été dotée par lui de l'ab-
baye de Quedlimburg, prébende royale qui rapportait
cent mille livres de rente, et dont elle porta le titre à la
manière des chanoinesses catholiques.

sans frapper dans la loge de la Porporina, au
moment où elle commençait à reprendre ses
esprits.

« Eh bien, mademoiselle, lui dit-il d'un ton
peu compatissant et même peu poli, comment
vous trouvez-vous ?... Êtes-vous donc sujette
à ces accidents-là ? dans votre profession , ce
serait un grave inconvénient. Est-ce une con-
trariété que vous avez eue ? Êtes-vous si malade que vous ne puissiez répondre ? Répondez , vous, monsieur , dit-il au médecin qui
soignait la cantatrice, est-elle gravement malade ?

— Oui, sire, répondit le médecin, le pouls
est à peine sensible. Il y a un désordre très
grand dans la circulation , et toutes les fonctions de la vie sont comme suspendues ; la
peau est glacée.

— C'est vrai, dit le roi en prenant la main
de la jeune fille dans la sienne ; l'œil est fixe ;

la bouche décolorée. Faites-lui prendre des gouttes d'Hoffmann, que diable! Je craignais que ce ne fût une scène de comédie, je me trompais. Cette fille est fort malade. Elle n'est ni méchante, ni capricieuse, n'est-ce pas, monsieur Porporino? Personne ne lui a fait de chagrin ce soir? Personne n'a jamais eu à se plaindre d'elle, n'est-ce pas?

— Sire, ce n'est pas une comédienne, répondit Porporino, c'est un ange.

— Rien que cela! En êtes-vous amoureux?

— Non, sire, je la respecte infiniment; je la regarde comme ma sœur.

— Grâce à vous deux et à Dieu, qui ne damne plus les comédiens, mon théâtre va devenir une école de vertu! Allons, la voilà qui revient un peu. Porporina, est-ce que vous ne me reconnaissez pas?

— Non, monsieur, répondit la Porporina

en regardant d'un air effaré le roi qui lui frappait dans les mains.

— C'est peut-être un transport au cerveau, dit le roi; vous n'avez pas remarqué qu'elle fût épileptique?

— Oh! sire, jamais! ce serait affreux, répondit le Porporino, blessé de la manière brutale dont le roi s'exprimait sur le compte d'une personne si intéressante.

— Ah! tenez, ne la saignez pas, dit le roi en repoussant le médecin qui voulait s'armer de sa lancette; je n'aime pas à voir froidement couler le sang innocent hors du champ de bataille. Vous n'êtes pas des guerriers, vous êtes des assassins, vous autres! laissez-la tranquille; donnez-lui de l'air. Porporino, ne la laissez pas saigner; cela peut tuer, voyez-vous. Ces messieurs-là ne doutent de rien. Je vous la confie. Ramenez-la dans votre voiture, Pœlnitz! Enfin vous m'en répondez. C'est la plus grande cantatrice que nous ayons encore eue, et nous n'en retrouverions pas une pareille de sitôt. A propos, qu'est-ce que vous me chanterez demain, monsieur Conciolini? »

Le roi descendit l'escalier du théâtre avec le tenor en parlant d'autre chose, et alla se mettre à souper avec Voltaire, **La Mettrie**, d'Argens, Algarotti et le général Quintus Icilius.

Frédéric était dur, violent et profondément égoïste. Avec cela, il était généreux et bon, même tendre et affectueux à ses heures. Ceci n'est point un paradoxe. Tout le monde connaît le caractère à la fois terrible et séduisant de cet homme à faces multiples, organisation compliquée et remplie de contrastes, comme toutes les natures puissantes, surtout lorsqu'elles sont investies du pouvoir suprême, et qu'une vie agitée les développe dans tous les sens.

Tout en soupant, tout en raillant et devi-
sant avec amertume et avec grâce, avec bru-
talité et avec finesse, au milieu de ces chers
amis qu'il n'aimait pas, et de ces admirables
beaux-esprits qu'il n'admirait guère, Frédéric
devint tout à coup rêveur, et se leva au bout
de quelques instants de préoccupation, en disant à ses convives : Causez toujours, je vous
entends. » Là-dessus, il passe dans la chambre
voisine, prend son chapeau et son épée, fait
signe à un page de le suivre, et s'enfonce dans
les profondes galeries et les mystérieux escaliers de son vieux palais, tandis que ses convives, le croyant tout près, mesurent leurs
paroles et n'osent rien se dire qu'il ne puisse
entendre. Au reste, ils se méfiaient tellement
(et pour cause) les uns des autres, qu'en quelque lieu qu'ils fussent sur la terre de Prusse,
ils sentaient toujours planer sur eux le fantôme redoutable et malicieux de Frédéric.

La Mettrie, médecin peu consulté et lecteur peu écouté du roi, était le seul qui ne connût pas la crainte et qui n'en inspirât à personne. On le regardait comme tout à fait inoffensif, et il avait trouvé le moyen que personne ne pût lui nuire. C'était de faire tant d'impertinences, de folies et de sottises devant le roi, qu'il eût été impossible d'en supposer davantage, et qu'aucun ennemi, aucun délateur n'eût su lui attribuer un tort qu'il ne se fût pas hautement et audacieusement donné de lui-même aux yeux du roi. Il paraissait prendre au pied de la lettre le philosophisme égalitaire que le roi affectait dans sa vie intime avec les sept ou huit personnes qu'il honorait de sa familiarité. A cette époque, après dix ans de règne environ, Frédéric, encore jeune, n'avait pas dépouillé entièrement l'affabilité populaire du prince royal, du philosophe hardi de *Remusberg*. Ceux qui le connaissaient n'a-

vaient garde de s'y fier. Voltaire, le plus gâté
de tous et le dernier venu, commençait à s'en
inquiéter et à voir le tyran percer sous le bon
prince, le Denys sous le Marc-Aurèle. Mais
La Mettrie, soit candeur inouïe, soit calcul
profond, soit insouciance audacieuse, traitait
le roi avec aussi peu de façons que le roi avait
prétendu vouloir l'être. Il ôtait sa cravate, sa
perruque, voire ses souliers dans ses appartements, s'étendait sur les sofas, avait son
franc parler avec lui, le contredisait ouverte-
ment, se prononçait lestement sur le peu de
cas à faire des grandeurs de ce monde, de la
royauté comme de la religion, et de tous les
autres *préjugés* battus en brèche par la *raison*
du jour; en un mot, se comportait en vrai
cynique, et donnait tant de motifs à une disgrâce et à un renvoi, que c'était miracle de le
voir resté debout, lorsque tant d'autres avaient
été renversés et brisés pour de minces pecca-

dilles. C'est que sur les caractères ombrageux
et méfiants comme était Frédéric, un mot in-
sidieux rapporté par l'espionnage, une apparence d'hypocrisie, un léger doute, font plus
d'impressions que mille imprudences. Frédéric tenait son La Mettrie pour insensé, et souvent il s'arrêtait pétrifié de surprise devant lui,
en se disant : « Voilà un animal d'une impu-
dence vraiment scandaleuse. » Puis il ajoutait
à part : « Mais c'est un esprit sincère, et celui-
là n'a pas deux langages, deux opinions sur
mon compte. Il ne peut pas me maltraiter en
cachette plus qu'il ne fait en face; au lieu que
tous les autres, qui sont à mes pieds, que ne
disent-ils pas et que ne pensent-ils pas, quand
je tourne le dos et qu'ils se relèvent? Donc La
Mettrie est le plus honnête homme que je possède, et je dois le supporter d'autant plus
qu'il est insupportable. » Le pli était donc
pris. La Mettrie ne pouvait plus fâcher le roi,

et même il réussissait à lui faire trouver plaisant de sa part ce qui eût été révoltant de celle de tout autre. Tandis que Voltaire s'était embarqué, dès le commencement, dans un système d'adulations impossible à soutenir, et dont il commençait à se fatiguer et à se dégoûter étrangement lui-même, le cynique La Mettrie allait son train, s'amusait pour son compte, était aussi à l'aise avec Frédéric qu'avec le premier venu, et ne se trouvait pas dans la nécessité de maudire et de renverser une idole à laquelle il n'avait jamais rien sacrifié ni rien promis. Il résultait, de cet état de son âme, que Frédéric, qui commençait à s'ennuyer de Voltaire lui-même, s'amusait toujours cordialement avec La Mettrie et ne pouvait guère s'en passer, parce que de son côté c'était le seul homme qui ne fît pas semblant de s'amuser avec lui.

Le marquis d'Argens, chambellan à 6,000

francs d'appointements (le premier chambellan Voltaire en touchait 20,000), était ce philosophe léger, cet écrivain facile et superficiel,
véritable Français de son temps, bon, étourdi,
libertin, sentimental, à la fois brave et effé-
miné, spirituel, généreux et moqueur; homme entre deux âges, romanesque comme un
adolescent, et sceptique comme un vieillard.
Ayant passé toute sa jeunesse avec les actrices,
tour à tour trompeur et trompé, toujours
amoureux fou de la dernière, il avait fini par
épouser en secret mademoiselle Cochois, premier sujet de la Comédie-Française à Berlin,
personne fort laide, mais fort intelligente, et
qu'il s'était plu à instruire. Frédéric ignorait
encore cette union mystérieuse, et d'Argens
n'avait garde de la révéler à ceux qui pou-
vaient le trahir. Voltaire cependant était dans
la confidence. D'Argens aimait sincèrement le
roi; mais il n'en était pas plus aimé que les

autres. Frédéric ne croyait à l'affection de
personne, et le pauvre d'Argens était tantôt
le complice, tantôt le plastron de ses plus
cruelles plaisanteries.

On sait que le colonel décoré par Frédéric
du surnom emphatique de Quintus Icilius était
un Français d'origine, nommé Guichard, militaire énergique et tacticien savant, du reste
grand pillard, comme tous les gens de son espèce, et courtisan dans la force du terme.

Nous ne dirons rien d'Algarotti, pour ne
pas fatiguer le lecteur d'une galerie de personnages historiques. Il nous suffira d'indiquer les préoccupations des convives de Frédéric pendant son alibi, et nous avons déjà
dit qu'au lieu de se sentir soulagés de la secrète gêne qui les opprimait, ils se trouvèrent
plus mal à l'aise, et ne purent se dire un mot sans
regarder cette porte entr'ouverte par laquelle

était sorti le roi, et derrière laquelle il était peut-être occupé à les surveiller.

La Mettrie fit seul exception, et, remarquant que le service de la table était fort négligé en l'absence du roi : « Parbleu ! s'écria-t-il, je trouve le maître de la maison fort mal appris de nous laisser ainsi manquer de serviteurs et de champagne, et je m'en vais voir s'il est là dedans pour lui porter plainte. »

Il se leva, alla, sans crainte d'être indiscret jusque dans la chambre du roi, et revint en s'écriant : « Personne ! voilà qui est plaisant. Il est capable d'être monté à cheval et de faire faire une manœuvre aux flambeaux pour activer sa digestion. Le drôle de corps !

— C'est vous qui êtes un drôle de corps ! dit Quintus Icilius, qui ne pouvait pas s'habituer aux manières étranges de La Mettrie.

— Ainsi le roi est sorti ? dit Voltaire en commençant à respirer plus librement.

—Oui, le roi est sorti, dit le baron de
Pœlnitz en entrant. Je viens de le rencontrer
dans une arrière-cour avec un page pour toute
escorte. Il avait revêtu son grand incognito et
endossé son habit couleur de muraille : aussi
ne l'ai-je pas reconnu du tout. »

Il nous faut bien dire un mot de ce troisième chambellan qui vient d'entrer, autrement
le lecteur ne comprendrait pas qu'un autre
que La Mettrie osât s'exprimer aussi lestement
sur le compte du maître. Pœlnitz, dont l'âge
était aussi problématique que le traitement et
les fonctions, était ce baron prussien, ce roué
de la Régence, qui brilla dans sa jeunesse à la
cour de madame Palatine, mère du duc d'Or-
léans, ce joueur effréné dont le roi de Prusse
ne voulait plus payer les dettes, grand aventurier, libertin cynique, très espion, un peu
escroc, courtisan effronté, nourri, enchaîné,
méprisé, raillé, et fort mal salarié par son

maître, qui pourtant ne pouvait se passer de
lui, parce qu'un monarque absolu a toujours
besoin d'avoir sous la main un homme capable
de faire les plus mauvaises choses, tout en y
trouvant le dédommagement de ses humiliations et la nécessité de son existence.
Pœlnitz était en outre, à cette époque, le
directeur des théâtres de Sa Majesté, une sorte
d'intendant suprême de ses menus plaisirs.
On l'appelait déjà le vieux Pœlnitz, et on l'appela encore ainsi trente ans plus tard. C'était
le courtisan éternel. Il avait été page du dernier roi. Il joignait aux vices raffinés de la Régence la grossièreté cynique de la tabagie du
Gros-Guillaume et l'impertinente roideur du
règne bel-esprit et militaire de Frédéric le
Grand. Sa faveur auprès de ce dernier étant
un état chronique de disgrâce, il se souciait
peu de la perdre ; et d'ailleurs, faisant toujours le rôle d'agent provocateur, il ne crai-

gnait réellement les mauvais offices de personne auprès du maître qui l'employait.

— « Pardieu ! mon cher baron, s'écria La Mettrie, vous auriez bien dû suivre le roi pour venir nous raconter ensuite son aventure. Nous l'aurions fait damner à son retour en lui disant comme quoi, sans quitter la table, nous avions vu ses faits et gestes.

—Encore mieux ! dit Pœlnitz en riant. Nous lui aurions dit cela demain seulement, et nous aurions mis la divination sur le compte du sorcier.

— Quel sorcier ? demanda Voltaire.

— Le fameux comte de Saint-Germain qui est ici depuis ce matin.

— En vérité ? Je suis fort curieux de savoir si c'est un charlatan ou un fou.

— Et voilà le difficile, dit la Mettrie. Il cache si bien son jeu, que personne ne peut se prononcer à cet égard.

— Et ce n'est pas si fou, cela! dit Algarotti.

— Parlez-moi de Frédéric, dit La Mettrie ; je veux piquer sa curiosité par quelque bonne histoire, afin qu'il nous régale un de ces jours à souper du Saint-Germain et de ses aventures d'avant le déluge. Cela m'amusera. Voyons! où peut être notre cher monarque à cette heure? Baron, vous le savez! vous êtes trop curieux pour ne pas l'avoir suivi, ou trop malin pour ne l'avoir pas deviné.

— Voulez-vous que je vous le dise? dit Pœlnitz.

— J'espère, monsieur, dit Quintus en devenant tout violet d'indignation, que vous n'allez pas répondre aux étranges questions de M. La Mettrie. Si Sa Majesté...

— Oh! mon cher, dit La Mettrie, il n'y a pas de Majesté ici, de dix heures du soir à deux heures du matin. Frédéric l'a posé en statut une fois pour toutes, et je ne connais

que la loi : « Il n'y a pas de roi quand on sou-
pe. » Vous ne voyez donc pas que ce pauvre
roi s'ennuie, et vous ne voulez pas l'aider,
mauvais serviteur et mauvais ami que vous
êtes, à oublier pendant les douces heures de
la nuit le fardeau de sa grandeur? Allons,
Pœlnitz, cher baron, parlez; où est le roi à
cette heure ?

— Je ne veux pas le savoir! dit Quintus en
se levant et en quittant la table.

— A votre aise, dit Pœlnitz. Que ceux qui
ne veulent pas m'entendre se bouchent les
oreilles.

— J'ouvre les miennes, dit La Mettrie.

— Ma foi, et moi aussi, dit Algarotti en
riant.

— Messieurs, dit Pœlnitz, Sa Majesté est
chez la signora Porporina.

— Vous nous la baillez belle! s'écria La
Mettrie; » et il ajouta une phrase en latin,

que je ne puis traduire parce que je ne sais pas le latin.

Quintus Icilius devint pâle et sortit. Algarotti récita un sonnet italien que je ne comprends pas beaucoup non plus ; et Voltaire improvisa quatre vers pour comparer Frédéric à Jules-César ; après quoi, ces trois érudits se regardèrent en souriant ; et Pœlnitz reprit d'un air sérieux : « Je vous donne ma parole d'honneur que le roi est chez la Porporina.

— Ne pourriez-vous pas donner quelque autre chose ? » dit d'Argens, » à qui tout cela déplaisait au fond, parce qu'il n'était pas homme à trahir les autres pour augmenter son crédit. Pœlnitz répondit sans se troubler : « Mille diables, monsieur le marquis, quand le roi nous dit que vous êtes chez mademoiselle Cochois, cela ne nous scandalise point. Pourquoi vous scandalisez-vous de ce qu'il est chez mademoiselle Porporina ?

— Cela devrait vous édifier, au contraire, dit Algarotti ; et si cela est vrai, je l'irai dire à Rome.

—Et Sa Sainteté, qui est un peu *gausseuse*, ajouta Voltaire, dira de fort jolies choses là-dessus.

— Sur quoi Sa Sainteté *gaussera-t-elle* ? demanda le roi en paraissant brusquement sur le seuil de la salle à manger.

— Sur les amours de Frédéric le Grand avec la Porporina de Venise, répondit effrontément La Mettrie. »

Le roi pâlit, et lança un regard terrible sur ses convives, qui tous pâlirent plus ou moins, excepté La Mettrie. « Que voulez-vous ? dit celui-ci tranquillement ; M. de Saint-Germain avait prédit, ce soir, à l'Opéra, qu'à l'heure où Saturne passerait entre Régulus et la Vierge, Sa Majesté, suivie d'un page...

— Décidément, qu'est-ce que ce comte de

Saint-Germain ? » dit le roi en s'asseyant avec la plus grande tranquillité, et en tendant son verre à La Mettrie, pour qu'il le lui remplît de champagne.

On parla du comte de Saint-Germain; et l'orage fut ainsi détourné sans explosion. Au premier choc, l'impertinence de Pœlnitz, qui l'avait trahi, et l'audace de La Mettrie, qui osait le lui dire, avaient transporté le roi de colère; mais, pendant le temps que La Mettrie disait trois paroles, Frédéric s'était rappelé qu'il avait recommandé à Pœlnitz de bavarder sur certain chapitre, et de faire bavarder les autres, à la première occasion. Il était donc rentré en lui-même avec cette facilité et cette liberté d'esprit qu'il possédait au plus haut degré; et il ne fut pas plus question de sa promenade nocturne que si elle n'eût été remarquée de personne. La Mettrie eût bien osé revenir à la charge s'il y eût songé;

mais la légèreté de son esprit suivit la nouvelle route que Frédéric lui ouvrait; et c'est
ainsi que Frédéric dominait souvent La Mettrie lui-même. Il le traitait comme un enfant
que l'on voit prêt à briser une glace ou à sauter par une fenêtre, et à qui l'on montre un
jouet pour le distraire et le détourner de sa
fantaisie. Chacun fit son commentaire sur le
fameux comte de Saint-Germain; chacun raconta son anecdote. Poelnitz prétendit l'avoir
vu en France, il y avait vingt ans. Et je l'ai
revu ce matin, ajouta-t-il, aussi peu vieilli
que si je l'avais quitté d'hier. Je me souviens
qu'un soir, en France, entendant parler de la
passion de Notre-Seigneur Jésus-Christ, il
s'écria, de la façon la plus plaisante et avec
un sérieux incroyable : « Je lui avais bien
« dit qu'il finirait par se faire un mauvais
« parti chez ces méchants Juifs. Je lui ai même
« prédit à peu près tout ce qui lui est arrivé;

« mais il ne m'écoutait pas : son zèle lui fai-
« sait mépriser tous les dangers. Aussi sa fin
« tragique m'a fait une peine dont je ne me
« consolerai jamais, et je n'y puis songer
« sans répandre des larmes. » En disant cela,
ce diable de comte pleurait tout de bon ; et
peu s'en fallait qu'il ne nous fît pleurer
aussi.

— Vous êtes un si bon chrétien, dit le roi,
que cela ne m'étonne point de vous. » Pœlnitz avait changé trois ou quatre fois de religion, du matin au soir, pour postuler des
bénéfices et des places dont le roi l'avait
leurré par forme de plaisanterie. « Votre
anecdote traîne partout, dit d'Argens au
baron, et ce n'est qu'une facétie. J'en ai entendu de meilleures ; et ce qui rend, à mes
yeux, ce comte de Saint-Germain un personnage intéressant et remarquable, c'est la
quantité d'appréciations tout à fait neuves et

4

ingénieuses au moyen desquelles il explique
des évènements restés à l'état de problèmes
fort obscurs dans l'histoire. Sur quelque sujet
et sur quelque époque qu'on l'interroge, on
est surpris, dit-on, de le voir connaître ou de
lui entendre inventer une foule de choses vraisemblables, intéressantes, et propres à jeter
un nouveau jour sur les faits les plus mystérieux.

— S'il dit des choses vraisemblables, observa Algarotti, il faut que ce soit un homme
prodigieusement érudit et doué d'une mémoire extraordinaire.

— Mieux que cela! dit le roi. L'érudition
ne suffit pas pour expliquer l'histoire. Il faut
que cet homme ait une puissante intelligence
et une profonde connaissance du cœur humain. Reste à savoir si cette belle organisation a été faussée par le travers de vouloir
jouer un rôle bizarre, en s'attribuant une

existence éternelle et la mémoire des évènements antérieurs à sa vie humaine; ou si, à
la suite de longues études et de profondes
méditations, le cerveau s'est dérangé, et s'est
laissé frapper de monomanie.

— Je puis au moins, dit Pœlnitz, garantir
à Votre Majesté la bonne foi et la modestie de
notre homme. On ne le fait pas parler aisément des choses merveilleuses dont il croit
avoir été témoin. Il sait qu'on l'a traité de
rêveur et de charlatan, et il en paraît fort affecté; car maintenant il refuse de s'expliquer
sur sa puissance surnaturelle.

— Eh bien, Sire, est-ce que vous ne mou-
rez pas d'envie de le voir et de l'entendre ?
dit La Mettrie. Moi j'en grille.

— Comment pouvez-vous être curieux de
cela? reprit le roi. Le spectacle de la folie
n'est rien moins que gai.

— Si c'est de la folie, d'accord ; mais si ce n'en est pas ?

— Entendez-vous, Messieurs ? reprit Frédéric ; voici l'incrédule, l'athée par excellence, qui se prend au merveilleux, et qui croit déjà à l'existence éternelle de M. de Saint-Germain ! Au reste, cela ne doit pas étonner, quand on sait que La Mettrie a peur de la mort, du tonnerre et des revenants.

— Des revenants, je confesse que c'est une faiblesse, dit La Mettrie ; mais du tonnerre et de tout ce qui peut donner la mort, je soutiens que c'est raison et sagesse. De quoi diable aura-t-on peur, je vous le demande, si ce n'est de ce qui porte atteinte à la sécurité de l'existence ?

— Vive Panurge ! dit Voltaire.

— J'en reviens à mon Saint-Germain, reprit La Mettrie ; messire Pantagruel devrait l'inviter à souper demain avec nous.

— Je m'en garderai bien, dit le roi ; vous êtes assez fou comme cela, mon pauvre ami, et il suffirait qu'il eût mis le pied dans ma maison pour que les imaginations superstitieuses, qui abondent autour de nous, rêvassent à l'instant cent contes ridicules qui auraient bientôt fait le tour de l'Europe. Oh ! la raison, mon cher Voltaire, que son règne nous arrive ! voilà la prière qu'il faut faire chaque soir et chaque matin.

— La raison, la raison ! dit La Mettrie, je la trouve séante et bénévole quand elle me sert à excuser et à légitimer mes passions, mes vices... ou mes appétits... donnez-leur le nom que vous voudrez ! mais quand elle m'ennuie, je demande à être libre de la mettre à la porte. Que diable ! je ne veux pas d'une raison qui me force à faire le brave quand j'ai peur, le stoïque quand je souffre ; le résigné quand je suis en colère... Foin d'une pareille raison ! ce n'est pas la mienne, c'est un monstre, une chimère de l'invention de ces vieux radoteurs de l'antiquité que vous admirez tous, je ne sais pas pourquoi. Que son règne n'arrive pas ! je n'aime pas les pouvoirs absolus d'aucun genre, et si l'on voulait me forcer à ne pas croire en Dieu, ce que je fais de bonne grâce et de tout mon cœur, je crois que, par esprit de contradiction, j'irais tout de suite à confesse.

— Oh ! vous êtes capable de tout, on le sait bien, dit d'Argens, même de croire à la pierre philosophale du comte de Saint-Germain.

— Et pourquoi non ? ce serait si agréable et j'en aurais tant besoin !

— Ah ! pour celle-là, s'écria Pœlnitz en secouant ses poches vides et muettes, et en regardant le roi d'un air expressif, que son

règne arrive au plus tôt ; c'est la prière que
tous les matins et tous les soirs...

— Oui-da ! interrompit Frédéric, qui faisait
toujours la sourde oreille à cette sorte d'insi-
nuation ; ce monsieur Saint-Germain donne
aussi dans le secret de faire de l'or ? Vous ne
me disiez pas cela !

— Or donc, permettez-moi de l'inviter à
souper demain de votre part, dit La Mettrie ;
car m'est d'avis qu'un peu de son secret ne
vous ferait pas de peine non plus, sire Gargan-
tua ! Vous avez de grands besoins et un estomac gigantesque, comme roi et comme réfor-
mateur.

— Tais-toi, Panurge, répondit Frédéric.
Ton Saint-Germain est jugé maintenant. C'est
un imposteur et un impudent que je vais faire
surveiller d'importance, car nous savons qu'a-
vec ce beau secret là on emporte plus d'argent d'un pays qu'on n'y en laisse. Eh !

Messieurs, ne vous souvient-il déjà plus du grand nécromant Cagliostro, que j'ai fait chasser de Berlin, à bon escient, il n'y a pas plus de six mois ?

— Et qui m'a emporté cent écus; dit La Mettrie; que le diable les lui reprenne!

— Et qui les aurait emportés à Pœlnitz, s'il les avait eus, dit d'Argens.

— Vous l'avez fait chasser, dit La Mettrie à Frédéric, et il vous a joué un bon tour, pas moins!

— Lequel?

— Ah! vous ne le savez pas! Eh bien, je vais vous régaler d'une histoire.

— Le premier mérite d'une histoire est d'être courte, observa le roi.

—La mienne n'a que deux mots. Le jour où Votre Majesté pantagruélique ordonna au sublime Cagliostro de remballer ses alambics, ses spectres et ses démons, il est de notoriété publique qu'il sortit en personne dans sa voiture, à midi sonnant, par toutes les portes de Berlin à la fois. Oh ! cela est attesté par plus de vingt mille personnes. Les gardiens de toutes les portes l'ont vu, avec le même chapeau, la même perruque, la même voiture, le même bagage, le même attelage ; et jamais vous ne leur ôterez de l'esprit qu'il y a eu, ce jour-là, cinq ou six Cagliostro sur pied. »

Tout le monde trouva l'histoire plaisante. Frédéric seul n'en rit pas. Il prenait au sérieux les progrès de sa chère raison, et la superstition, qui donnait tant d'esprit et de gaîté à Voltaire, ne lui causait qu'indignation et dépit. « Voilà le peuple, s'écria-t-il en haussant les épaules ; ah ! Voltaire, voilà le peuple ! et cela dans le temps que vous vivez, et que vous secouez sur le monde la vive lumière de votre flambeau ! On vous a banni, persécuté, combattu de toutes manières, et Cagliostro

n'a qu'à se montrer pour fasciner des popu-
lations ! Peu s'en faut qu'on ne le porte en
triomphe !

— Savez-vous bien, dit La Mettrie que vos
plus grandes dames croient à Cagliostro tout
autant que les bonnes femmes des carrefours ?
apprenez que c'est d'une des plus belles de
votre cour que je tiens cette aventure:

— Je parie que c'est de madame de Kleist !
dit le roi.

— *C'est toi qui l'as nommée !* répondit La
Mettrie en déclamant.

—Le voilà qui tutoie le roi, à présent ! grom-
mela Quintus Icilius, qui était rentré depuis
quelques instants.

— Cette bonne de Kleist est folle , reprit
Frédéric ; c'est la plus intrépide visionnaire,
la plus engouée d'horoscopes et de sortiléges...
Elle a besoin d'une leçon, qu'elle prenne garde à elle ! Elle renverse la cervelle de toutes

nos dames, et on dit même qu'elle a rendu fou monsieur son mari, qui sacrifiait des boucs noirs à Satan pour découvrir les tré-sors enfouis dans nos sables du Brande-bourg.

— Mais tout cela est du meilleur ton chez vous, père Pantagruel, dit La Mettrie. Je ne sais pas pourquoi vous voulez que les femmes se soumettent à votre rechigneuse déesse Rai-son. Les femmes sont au monde pour s'amuser et pour nous amuser. Pardieu! le jour où elles ne seront plus folles, nous serons bien sots! Madame de Kleist est charmante avec toutes ses histoires de sorciers; elle en régale *soror Amalia*....

— Que veut-il dire avec sa *soror Amalia?* dit le roi étonné.

—Eh? votre noble et charmante sœur, l'ab-besse de Quedlimburg, qui donne dans la magie de tout son cœur , comme chacun sait.....

—Tais-toi, Panurge ! répéta le roi d'une voix de tonnerre, et en frappant de sa tabatière sur la table.

3

Il y eut un moment de silence pendant lequel minuit sonna lentement (1). Ordinairement Voltaire avait l'art de renouer la conversation quand un nuage passait sur le front de son cher Trajan, et d'effacer la mauvaise

(1) L'opéra commençait et finissait plutôt que de nos jours. Frédéric commençait à souper à dix heures.

impression qui rejaillissait sur les autres convives. Mais ce soir là, Voltaire, triste et souf-
frant, ressentait les sourdes atteintes de ce
spleen prussien, qui s'emparait bien vite de
tous les heureux mortels appelés à contempler
Frédéric dans sa gloire. C'était précisément
le matin que La Mettrie lui avait répété ce fatal mot de Frédéric, qui fit succéder à une
feinte amitié une aversion très réelle entre ces deux grands hommes (1). Tant il y a
qu'il ne dit mot. « Ma foi, pensait-il, qu'il
jette l'écorce de La Mettrie quand bon lui
semblera ; qu'il ait de l'humeur ; qu'il souffre,
et que le souper finisse. J'ai la colique, et
tous ces compliments ne m'empêcheront pas
de le sentir.

(1) » Je le garde encore parce que j'ai besoin de lui.
Dans un an je n'en aurai plus que faire, et je m'en débar-
rasserai. Je PRESSE L'ORANGE, ET APRÈS JE JETTERAI L'É-
CORCE. » On sait que ce mot fut une plaie vive pour l'orgueil de Voltaire.

Frédéric fut donc forcé de s'exécuter et de reprendre tout seul sa philosophique sérénité.

« Puisque nous sommes sur le chapitre de Cagliostro, dit-il, et que l'heure des histoires de revenants vient de sonner, je vais vous raconter la mienne, et vous jugerez ce qu'il faut croire de la science des sorciers. Mon histoire est très-véritable, et je la tiens de la personne même à qui elle est arrivée l'été dernier. C'est l'incident survenu ce soir au théâtre qui me la remet en mémoire, et peut-être cet incident est-il lié à ce que vous allez entendre.

—L'histoire sera-t-elle un peu effrayante ? demanda La Mettrie.

—Peut-être ! répondit le roi.

— En ce cas, reprit-il, je vais fermer la porte qui est derrière moi. Je ne peux pas souffrir une porte ouverte quand on parle de revenants et de prodiges.

La Mettrie ferma la porte, et le roi parla

ainsi : « Cagliostro, vous le savez, avait l'art de montrer aux gens crédules des tableaux, ou plutôt des miroirs magiques, sur lesquels il faisait apparaître des personnes absentes. Il prétendait les surprendre dans le moment même, et révéler ainsi les occupations et les actions les plus secrètes de leur vie. Les femmes jalouses allaient apprendre chez lui les infidélités de leurs maris ou de leurs amants ; il y a même des amants et des maris qui ont eu chez lui d'étranges révélations sur la conduite de certaines dames, et le miroir magique a trahi, dit-on, des mystères d'iniquité. Quoi qu'il en soit, les chanteurs italiens de l'Opéra se réunirent un soir et lui offrirent un joli souper accompagné de bonne musique, à condition qu'il leur ferait quelques tours de son métier. Il accepta l'échange et donna jour à Porporino, à Conciolini, à mesdemoiselles Astrua et Porporina, pour leur montrer chez lui

l'enfer ou le paradis à volonté. La famille Barberini fut même de la partie. Mademoiselle
Jeanne Barberini demanda à voir le feu doge
de Venise; et comme M. Cagliostro ressuscite
très proprement les morts, elle le vit, elle en
eut grand'peur, et sortit toute bouleversée du
cabinet noir où le sorcier l'avait mise en tête
à tête avec le revenant. Je soupçonne fort la
Barberini, qui est un peu gausseuse, comme
dit Voltaire, d'avoir joué l'épouvante pour
se moquer de nos histrions italiens qui, par
état, ne sont pas braves, et qui refusèrent net
de se soumettre à la même épreuve. Mademoiselle Porporina, avec cet air tranquille que
vous lui connaissez, dit à M. Cagliostro qu'elle
croirait à sa science s'il lui montrait une personne à laquelle elle pensait dans ce moment-
là, et qu'elle n'avait pas besoin de lui nommer,
puisqu'il était sorcier et devait lire dans son
âme comme dans un livre. « Ce que vous me

demandez est grave, répondit Cagliostro, et
pourtant je crois pouvoir vous satisfaire, si
vous me jurez, sur tout ce qu'il y a de plus
solennel et de plus terrible, de ne pas adresser la parole à la personne que je vous mon-
trerai, et de ne pas faire le moindre mouvement, le moindre geste, le moindre bruit pendant l'apparition. » La Porporina s'y engagea
par serment, et entra dans le cabinet noir avec
beaucoup de résolution. Il n'est pas inutile de
vous rappeler, messieurs, que cette jeune
personne est un des esprits les plus fermes et
les plus droits qui se puissent rencontrer ;
elle est instruite, raisonne bien sur toutes
choses, et j'ai des motifs de croire qu'elle n'est
accessible à aucune idée fausse ou étroite. Elle
resta donc dans la chambre aux apparitions
pendant assez long-temps pour étonner et inquiéter ses camarades. Tout se passa pourtant
dans le plus grand silence. Lorsqu'elle en sor-

tit, elle était fort pâle, et des larmes coulaient, dit-on, de ses yeux. Mais elle dit aussitôt à ses camarades : « Mes amis, si M. Cagliostro est sorcier, c'est un sorcier menteur; ne croyez rien de ce qu'il vous montrera. » Elle ne voulut pas s'expliquer davantage. Mais Conciolini m'ayant raconté, quelques jours après, à un de mes concerts, cette merveilleuse soirée, je me promis d'interroger la Porporina, ce que je ne manquai pas de faire la première fois qu'elle vint chanter à Sans-Souci. J'eus quelque peine à la faire parler. Voici enfin ce qu'elle me raconta :

« Sans aucun doute, M. Cagliostro possède des moyens extraordinaires pour produire des apparitions tellement semblables à la réalité, qu'il est impossible aux esprits les plus calmes de n'en être pas ému. Pourtant, il n'est pas sorcier, et sa prétention de lire dans ma pensée n'était fondée que sur la connaissance

qu'il avait, à coup sûr, de quelques particula-
rités de ma vie : mais c'est une connaissance
incomplète, et je ne vous conseillerais pas, sire
(c'est toujours la Porporina qui parle, observa
le roi), de le prendre pour votre ministre de la
police, car il ferait de graves bévues. Ainsi,
lorsque je lui demandai de me montrer la personne absente que je désirais voir, je pensais
à maître Porpora, mon maître de musique,
qui est maintenant à Vienne ; et, au lieu de lui,
je vis apparaître dans la chambre magique un
ami bien cher que j'ai perdu cette année.

Peste ! dit d'Argens, cela est beaucoup plus
sorcier que d'en faire voir un vivant !

— Attendez, messieurs. Cagliostro, mal informé, ne se doutait pas que la personne qu'il
montrait fût morte ; car, lorsque le fantôme
eut disparu, il demanda à mademoiselle Porporina si elle était satisfaite de ce qu'elle venait d'apprendre. « D'abord, monsieur, ré-

pondit-elle, je désirerais le comprendre. Veuillez me l'expliquer. — Cela dépasse mon pouvoir, répondit il; qu'il vous suffise de savoir que votre ami est tranquille et qu'il s'occupe utilement. » Sur quoi la signora reprit : « Hélas ! monsieur, vous m'avez fait bien du mal sans le savoir : vous m'avez montré une personne que je ne songeais point à revoir jamais, et vous me la donnez maintenant pour vivante, tandis que je lui ai fermé les yeux il y a six mois. » Voilà, messieurs, continua Frédéric, comment ces sorciers se trompent en voulant tromper les autres, et comment leurs trames sont déjouées par un ressort qui manque à leur police secrète. Ils pénètrent jusqu'à un certain point les mystères des familles et celui des affections intimes. Comme toutes les histoires de ce monde se ressemblent plus ou moins, et qu'en général les gens enclins au merveilleux n'y regardent pas de si près, ils

tombent juste vingt fois sur trente; mais
dix fois sur trente ils donnent à côté, et on
n'y fait pas attention, tandis qu'on fait
grand bruit des épreuves qui ont réussi. C'est
absolument comme dans les horoscopes, où
l'on vous prédit une série banale d'événements
qui doivent nécessairement arriver à tout le
monde, tels que voyages, maladies, perte d'un
ami ou d'un parent, héritage, rencontre, lettre
intéressante, et autres lieux communs de la
vie humaine. Voyez un peu cependant à quelles
catastrophes et à quels chagrins domestiques
les fausses révélations d'un Cagliostro exposent
des esprits faibles et passionnés! Qu'un mari
se fie à cela et tue sa femme innocente; qu'une
mère devienne folle de douleur en croyant voir
expirer son fils absent, et mille autres désas-
tres qu'a occasionnés la prétendue science
divinatoire des magiciens! Tout cela est in-
fâme, et convenez que j'ai eu raison d'éloigner

de mes États ce Cagliostro qui devine si juste, et qui donne de si bonnes nouvelles des gens morts et enterrés.

— Tout cela est bel et bon, dit la Mettrie, mais ne m'explique pas comment *la Porpo- rina de Votre Majesté* a vu debout cet homme mort. Car enfin, si elle est douée de fermeté et de raison, comme *Votre Majesté* l'affirme, cela prouve contre l'argument de *Votre Ma- jesté*. Le sorcier s'est trompé, il est vrai, en tirant de son magasin un mort pour un vi- vant qu'on lui demandait; mais il n'en est que plus certain qu'il dispose de la mort et de la vie ; et, en cela, il en sait plus long que *Votre Majesté*, laquelle, n'en *déplaise à Votre Majesté*, a fait tuer beaucoup d'hommes à la guerre, et n'en a jamais pu ressusciter un seul.

— Ainsi nous croirons au diable, mon cher *sujet*, dit le roi, riant des regards comi- ques que lançait La Mettrie à Quintus Icilius, chaque fois qu'il prononçait avec emphase le titre de Majesté.

— Pourquoi ne croirions-nous pas à ce pauvre compère Satan, qui est si calomnié et qui a tant d'esprit? repartit La Mettrie.

— Au feu le manichéen! dit Voltaire en approchant une bougie de la perruque du jeune médecin.

— Enfin, sublime Fritz, reprit celui-ci, je vous ai posé un argument embarrassant : ou la charmante Porporina est folle et crédule, et elle a vu son mort; ou elle est philosophe, et n'a rien vu du tout. Cependant elle a eu peur, elle en convient?

— Elle n'a pas eu peur, dit le roi, elle a eu du chagrin, comme on en éprouverait à la vue d'un portrait qui vous rappellerait exactement une personne aimée qu'on sait trop que l'on ne reverra plus. Mais s'il faut que je vous dise tout, je pense un peu qu'elle a eu

peur après coup, et que sa force morale n'est
pas sortie de cette épreuve aussi saine qu'elle
y est entrée. Depuis ce temps, elle a été sujette à des accès de mélancolie noire, qui sont
toujours une preuve de faiblesse ou de désordre
dans nos facultés. Je suis sûr qu'elle a l'esprit
frappé, bien qu'elle le nie. On ne joue pas impu-
nément avec le mensonge. L'espèce d'attaque
qu'elle a eue ce soir est, selon moi, une con-
séquence de tout cela ; et je parierais qu'il y
a dans sa cervelle troublée quelque frayeur
de la puissance magique attribuée à M. de
Saint-Germain. On m'a dit que depuis qu'elle
est rentrée chez elle, elle n'a fait que pleurer.

— Ah ! cela, vous me permettrez de n'en
rien croire, chère Majesté, dit La Mettrie.
Vous avez été la voir, donc elle ne pleure
plus.

— Vous êtes bien curieux, Panurge, dé

savoir le but de ma visite? Et vous aussi,
d'Argens, qui ne dites rien, et qui avez l'air
de n'en pas penser davantage? Et vous aussi,
peut-être, cher Voltaire, qui ne dites mot non
plus, et qui n'en pensez pas moins, certainement?

— Comment ne serait-on pas curieux de
tout ce que Frédéric le Grand juge à propos
de faire? répondit Voltaire, qui fit un effort
de complaisance en voyant le roi en train de
parler; peut-être que certains hommes n'ont
le droit de rien cacher, lorsque la moindre de
leurs paroles est un précepte, et la moindre
de leurs actions un exemple.

— Mon cher ami, vous voulez me donner
de l'orgueil. Qui n'en aurait d'être loué par
Voltaire? Cela n'empêche pas que vous ne
vous soyez pas moqué de moi pendant un
quart d'heure que j'ai été absent. Eh bien!
pendant ce quart d'heure, pourtant, vous ne

pouvez supposer que j'aie eu le temps d'aller jusqu'auprès de l'Opéra, où demeure la Porporina, de lui réciter un long madrigal, et d'en revenir à pied, car j'étais à pied.

— Bah! sire, l'Opéra est bien près d'ici, dit Voltaire, et il ne vous faut pas plus de temps que cela pour gagner une bataille.

— Vous vous trompez, il faut beaucoup plus de temps, répliqua le roi assez froidement; demandez à Quintus Icilius. Quant au marquis, qui connaît si bien la vertu des femmes de théâtre, il vous dira qu'il faut plus d'un quart d'heure pour les conquérir.

— Eh! eh! sire, cela dépend.

— Oui, cela dépend : mais j'espère pour vous que mademoiselle Cochois vous a donné plus de peine. Tant il y a, messieurs, que je n'ai pas vu mademoiselle Porporina cette nuit, et que j'ai été seulement parler à sa servante, et m'informer de ses nouvelles.

— Vous, sire? s'écria La Mettrie.

— J'ai voulu lui porter moi-même un flacon dont je me suis souvenu tout à coup d'a-
voir éprouvé de très bons effets, quand j'étais
sujet à des spasmes d'estomac qui me faisaient
quelquefois perdre connaissance. Eh bien,
vous ne dites mot? Vous voilà tous ébahis?
Vous avez envie de donner des louanges à ma
bonté paternelle et royale, et vous n'osez pas,
parce qu'au fond du cœur, vous me trouvez
parfaitement ridicule.

— Ma foi, sire, si vous êtes amoureux
comme un simple mortel, je ne le trouve pas
mauvais, dit La Mettrie, et je ne vois pas là
matière ni à éloge ni à raillerie?

— Eh bien, mon bon Panurge, je ne suis
pas amoureux du tout, puisqu'il faut parler
net. Je suis un simple mortel, il est vrai;
mais je n'ai pas l'honneur d'être roi de France, et les mœurs galantes qui conviennent à

un grand monarque comme Louis XV iraient
fort mal à un petit marquis de Brandebourg
tel que moi. J'ai d'autres chats à fouetter
pour faire marcher ma pauvre boutique, et je
n'ai pas le loisir de m'endormir dans les bos-
quets de Cythère.

— En ce cas, je ne comprends rien à votre
sollicitude pour cette petite chanteuse de l'O-
péra, dit La Mettrie; et, à moins que ce ne
soit par suite d'une rage musicale, je donne
ma langue aux chats.

— Cela étant, sachez, mes amis, que je ne
suis ni amant ni amoureux de la Porporina,
mais que je lui suis très attaché, parce que,
dans une circonstance trop longue à vous dire
maintenant, elle m'a sauvé la vie sans me
connaître. L'aventure est bizarre, et je vous
la raconterai une autre fois. Ce soir il est trop
tard, et M. de Voltaire s'endort. Qu'il vous
suffise de savoir que si je suis ici, et non dans

l'enfer, où la dévotion voulait m'envoyer, je
le dois à cette fille. Vous comprenez maintenant que, la sachant dangereusement indisposée, je puisse aller voir si elle n'est pas
morte, et lui porter un flacon de Sthal, sans,
pour cela, avoir envie de passer à vos yeux
pour un Richelieu ou pour un Lauzun. Allons, messieurs, je vous donne le bonsoir. Il
y a dix-huit heures que je n'ai quitté mes
bottes, et il me faudra les reprendre dans six.
Je prie Dieu qu'il vous ait en sa sainte et digne garde, comme au bas d'une lettre. »

. . . .

Au moment où minuit avait sonné à la
grande horloge du palais, la jeune et mon-
daine abbesse de Quedlimburg venait de se
mettre dans son lit de satin rose, lorsque sa
première femme de chambre, en lui plaçant
ses mules sur son tapis d'hermine, tressaillit
et laissa échapper un cri. On venait de frap-

per à la porte de la chambre à coucher de la princesse.

— Eh bien, es-tu folle? dit la belle Amélie, en entr'ouvrant son rideau : qu'as-tu à sauter et à soupirer de la sorte ?

— Est-ce que Votre Altesse royale n'a pas entendu frapper ?

— On a frappé? En ce cas, va voir ce que c'est.

— Ah ! madame ! quelle personne vivante oserait frapper à la porte de Votre Altesse, quand on sait qu'elle est couchée?

— Aucune personne vivante n'oserait, dis-tu? En ce cas c'est une personne morte. Va lui ouvrir en attendant. Tiens, on frappe encore; va donc, tu m'impatientes.

La femme de chambre, plus morte que vive, se traîna vers la porte, et demanda *qui est là?* d'une voix tremblante.

— C'est moi, madame de Kleist, répondit

une voix bien connue ; si la princesse ne dort
pas encore, dites-lui que j'ai quelque chose
d'important à lui dire.

— Eh vite! eh vite! fais-la entrer, cria la
princesse, et laisse-nous.

Dès que l'abbesse et sa favorite furent seules, cette dernière s'assit sur le pied du lit de
sa maîtresse, et parla ainsi : — Votre Altesse
royale ne s'était pas trompée. Le roi est amoureux fou de la Porporina, et il n'est pas encore son amant, ce qui donne certainement à
cette fille un crédit illimité, pour le moment,
sur son esprit.

— Et comment sais-tu cela depuis une
heure?

— Parce qu'en me déshabillant pour me
mettre au lit, j'ai fait babiller ma femme de
chambre, laquelle m'a appris qu'elle avait une
sœur au service de cette Porporina. Là-dessus je la questionne, je lui tire les vers du

nez, et, de fil en aiguille, j'apprends que ma-
dite soubrette sort à l'instant même de chez
sa sœur, et qu'à l'instant même le roi sortait
de chez la Porporina.

— Es-tu bien sûre de cela?

— Ma fille de chambre venait de voir le
roi comme je vous vois. Il lui avait parlé à
elle-même, la prenant pour sa sœur, laquelle
était occupée, dans une autre pièce, à soigner
sa maîtresse malade, ou feignant de l'être. Le
roi s'est informé de la santé de la Porporina
avec une sollicitude extraordinaire; il a frappé
du pied d'un air tout à fait chagrin, en apprenant qu'elle ne cessait de pleurer; il n'a pas
demandé à la voir, *dans la crainte de la gêner,*
a-t-il dit; il a remis pour elle un flacon très
précieux; enfin il s'est retiré, en recomman-
dant bien qu'on dît à la malade, le lendemaïn,
qu'il était venu la voir à onze heures du
soir.

— Voilà une aventure, j'espère! s'écria la
princesse, et je n'ose en croire mes oreilles. Ta
soubrette connaît-elle bien les traits du roi?

Qui ne connaît la figure d'un roi toujours
à cheval? D'ailleurs, un page avait été envoyé
en éclaireur cinq minutes à l'avance pour voir
s'il n'y avait personne chez la belle. Pendant
ce temps, le roi, enveloppé et emmitouflé, attendait en bas dans la rue, en grand incognito, selon sa coutume.

Ainsi, du mystère, de la sollicitude, et surtout du respect : c'est de l'amour, ou je ne
m'y connais pas, de Kleist. Et tu es venue,
malgré le froid et la nuit, m'apprendre cela
bien vite! Ah! ma pauvre enfant, que tu es
bonne!

— Dites ausssi Malgré les revenants. Savez-vous qu'il y a une panique nouvelle dans
le château depuis quelques nuits, et que mon
chasseur tremblait comme un grand imbécille

en traversant les corridors pour m'accompagner ?

— Qu'est-ce que c'est ? encore la femme blanche ?

— Oui, *la Balayeuse.*

— Cette fois, ce n'est pas nous qui faisons ce jeu-là, ma pauvre de Kleist ! Nos fantômes sont bien loin, et fasse le ciel que ces revenants-là puissent revenir !

— Je pensais d'abord que c'était le roi qui s'amusait à *revenir*, puisque maintenant il a des motifs pour écarter les valets curieux de dessus son passage. Mais, ce qui m'a fort étonné, c'est que le sabbat ne se passe pas autour de ses appartements, ni sur sa route pour aller chez la Porporina. C'est autour de Votre Altesse que les esprits se promènent, et j'avoue que maintenant que je n'y suis plus pour rien, cela m'effraye un peu.

— Que dis-tu là, enfant? Comment pour-

rais-tu croire aux spectres, toi qui les connais si bien ?

— Et voilà le *hic !* on dit que quand on les
imite cela les fâche, et qu'ils se mettent à vos
trousses tout de bon pour vous punir.

— En ce cas, ils s'y prendraient un peu
tard avec nous ; car depuis plus d'un an, ils
nous laissent en repos. Allons, ne t'occupe
pas de ces balivernes. Nous savons bien ce
qu'il faut croire de ces âmes en peine. Certainement c'est quelque page ou quelque bas officier qui vient la nuit demander des prières à
la plus jolie de mes femmes de chambre. Aussi
la vieille, à qui on ne demande rien du tout,
a-t-elle une frayeur épouvantable. J'ai vu le
moment où elle ne voudrait pas t'ouvrir. Mais
de quoi parlons-nous là ? De Kleist, nous te-
nons le secret du roi, il faut en profiter. Comment allons-nous nous y prendre ?

— Il faut accaparer cette Porporina, et nous

dépêcher avant que sa faveur la rende vaine et méfiante.

Sans doute, il ne faut épargner ni présents, ni promesses, ni cajoleries. Tu iras dès demain chez elle ; tu lui demanderas de ma part... de la musique, des autographes du Porpora ; elle doit avoir beaucoup de choses inédites des maîtres italiens. Tu lui promettras en retour des manuscrits de Sébastien Bach. J'en ai plusieurs. Nous commencerons par des échanges. Et puis, je lui demanderai de venir m'enseigner les mouvements, et dès que je la tiendrai chez moi, je me charge de la séduire et de la dominer.

— J'irai demain matin, Madame.

— Bonsoir, de Kleist. Tiens, viens m'embrasser. Tu es ma seule amie, toi ; va te coucher, et si tu rencontres *la Balayeuse* dans les galeries, regarde bien si elle n'a pas des éperons sous sa robe. »

4

Le lendemain, la Porporina, en sortant fort accablée d'un pénible sommeil, trouva sur son lit deux objets que sa femme de chambre venait d'y déposer. D'abord, un flacon de cristal de roche avec un fermoir d'or sur lequel était gravée une F, surmontée d'une cou-

ronne royale, et ensuite un rouleau cacheté.
La servante interrogée raconta comme quoi le
roi était venu en personne, la veille au soir,
apporter ce flacon; et, en apprenant les circonstances d'une visite si respectueuse et si
délicatement naïve, la Porporina fut attendrie.
Homme étrange! pensa-t-elle. Comment concilier tant de bonté dans la vie privée, avec
tant de dureté et de despotisme dans la vie
publique? Elle tomba dans la rêverie, et peu
à peu, oubliant le roi, et songeant à elle-
même, elle se retraça confusément les évènements de la veille et se remit à pleurer.

« Eh quoi, Mademoiselle, lui dit la soubrette
qui était une bonne créature passablement
babillarde, vous allez encore sangloter comme
hier soir en vous endormant? Cela fendait le
cœur, et le roi, qui vous écoutait à travers la porte, en a secoué la tête deux ou trois fois comme
un homme qui a du chagrin. Pourtant, made-

moiselle, votre sort ferait envie à bien d'autres. Le roi ne fait pas la cour à tout le monde ; on dit même qu'il ne la fait à personne, et il est bien certain que le voilà amoureux de vous !

— Amoureux ! que dis-tu là, malheureuse ? s'écria la Porporina en tressaillant, ne répète jamais une parole si inconvenante et si absurde. Le roi amoureux de moi, grand Dieu !

— Eh bien, mademoiselle, quand cela serait ?

— Le ciel m'en préserve ! mais cela n'est pas et ne sera jamais. Qu'est-ce que ce rouleau, Catherine ?

— Un domestique l'a apporté de grand matin.

— Le domestique de qui ?

— Un domestique de louage, qui d'abord n'a pas voulu me dire de quelle part il venait,

mais qui a fini par m'avouer qu'il était employé par les gens d'un certain comte de Saint-
Germain, arrivé ici d'hier seulement.

— Et pourquoi avez-vous interrogé cet
homme?

— Pour savoir, mademoiselle!

— C'est naïf! laisse-moi. »

Dès que la Porporina fut seule, elle ouvrit
le rouleau et y trouva un parchemin couvert
de caractères bizarres et indéchiffrables. Elle
avait entendu beaucoup parler du comte de
Saint-Germain, mais elle ne le connaissait
pas. Elle retourna le manuscrit dans tous les
sens; et n'y pouvant rien comprendre, ne
concevant pas pourquoi ce personnage avec
lequel elle n'avait jamais eu de relations, lui
envoyait une énigme à deviner, elle en conclut,
avec bien d'autres, qu'il était fou; cependant
en examinant cet envoi, elle lut sur un petit
feuillet détaché : « La princesse Amélie de

« Prusse s'occupe beaucoup de la science di-
« vinatoire et des horoscopes. Remettez-lui ce
« parchemin, et vous pouvez être assurée de
« sa protection et de ses bontés. » Ces lignes
n'étaient pas signées. L'écriture était incon-
nue, et le rouleau ne portait point d'adresse.
Elle s'étonna que le comte de Saint-Germain,
pour parvenir jusqu'à la princesse Amélie, se
fût adressé à elle, qui ne l'avait jamais appro-
chée ; et pensant que le domestique avait com-
mis une erreur en lui apportant ce paquet, elle
se prépara à le rouler et à le renvoyer. Mais
en touchant la feuille de gros papier blanc
qui enveloppait le tout, elle remarqua que
sur le verso intérieur était de la musique gravée. Un souvenir se réveilla en elle. Chercher
au coin du feuillet une marque convenue, la
reconnaître pour avoir été tracée fortement
au crayon par elle-même, dix-huit mois auparavant, constater que la feuille de musique

se rapportait très bien au morceau complet
qu'elle avait donné comme signe de reconnaissance, tout cela fut l'affaire d'un instant ;
et l'attendrissement qu'elle éprouva en recevant ce souvenir d'un ami absent et malheureux lui fit oublier ses propres chagrins. Restait à savoir ce qu'elle avait à faire du grimoire, et dans quelle intention on la chargeait
de le remettre à la princesse de Prusse. Était-
ce pour lui assurer, en effet, la faveur et la
protection de cette dame? La Porporina n'en
avait ni souci, ni besoin ; était-ce pour établir
entre la princesse et le prisonnier des rapports
utiles au salut ou au soulagement de ce dernier? La jeune fille hésita ; elle se rappela le
proverbe : « Dans le doute abstiens-toi. » Puis
elle pensa qu'il y a de bons et de mauvais pro-
verbes, les uns à l'usage de l'égoïsme prudent,
les autres à celui du dévoûment courageux.
Elle se leva en se disant :

« *Dans le doute, agis*, lorsque tu ne com-
promets que toi-même, et que tu peux espérer
être utile à ton ami, à ton semblable. »

Elle achevait à peine sa toilette, qu'elle faisait un peu lentement, car elle était très affaiblie et brisée par la crise de la veille, et tout
en nouant ses beaux cheveux noirs, elle songeait au moyen de faire parvenir promptement
et d'une manière sûre le grimoire à la princesse, lorsqu'un grand laquais galonné vint
s'informer si elle était seule, et si elle pouvait
recevoir une dame qui ne se nommait pas et
qui désirait lui parler. La jeune cantatrice
maudissait souvent cette sujétion où les artistes de ce temps-là vivaient à l'égard des grands;
elle fut tentée, pour renvoyer la dame impor-
tune, de faire répondre que messieurs les
chanteurs du théâtre étaient chez elle; mais
elle pensa que si c'était un moyen d'effarou-
cher la pruderie de certaines dames, c'était le

plus sûr pour attirer plus vite certaines autres.
Elle se résigna donc à recevoir la visite, et
madame de Kleist fut bientôt près d'elle.

La grande dame bien stylée avait résolu
d'être charmante avec la cantatrice et de lui
faire oublier toutes les distances du rang;
mais elle était gênée, parce que, d'une part,
on lui avait dit que cette jeune fille était très
fière, et que de l'autre, étant fort curieuse
pour son propre compte, madame de Kleist
eût bien voulu la faire causer et pénétrer le
fond de ses pensées. Quoiqu'elle fût bonne et
inoffensive, cette belle dame avait donc, dans
ce moment, quelque chose de faux et de forcé
dans toute sa contenance qui n'échappa point
à la Porporina. La curiosité est si voisine de
la perfidie qu'elle peut enlaidir les plus beaux
visages.

La Porporina connaissait très bien la figure
de madame de Kleist, et son premier mouve-

ment, en voyant chez elle la personne qui lui apparaissait tous les soirs d'opéra dans la loge de la princesse Amélie, fut de lui demander, sous prétexte de nécromancie dont elle la savait très friande, une entrevue avec sa maîtresse. Mais n'osant pas se fier à une personne qui avait la réputation d'être un peu extravagante et un peu intrigante par-dessus le marché, elle résolut de la voir venir, et se mit de son côté à l'examiner avec cette tranquille pénétration de la défensive, si supérieure aux attaques de l'inquiète curiosité.

Enfin la glace étant rompue, et la dame ayant présenté la supplique musicale de la princesse, la cantatrice, dissimulant un peu la satisfaction que lui causait cet heureux concours de circonstances, courut chercher plusieurs partitions inédites. Alors se sentant inspirée tout à coup : « Ah ! madame, s'écriat-elle, je mettrai avec joie tout mes petits tré-

sors aux pieds de Son Altesse, et je serais bien
heureuse, si elle me faisait la grâce de les recevoir de moi-même.

— En vérité, ma belle enfant, dit madame
de Kleist, vous désirez de parler à Son Altesse
royale?

—Oui madame, répondit la Porporina; je
me jetterais à ses pieds et je lui demanderais
une grâce, que, j'en suis certaine, elle ne me
refuserait pas; car elle est, dit-on, grande mu-
sicienne, et elle doit protéger les artistes. On
dit aussi qu'elle est aussi bonne qu'elle est
belle. J'ai donc l'espérance que si elle daignait
m'entendre, elle m'aiderait à obtenir de Sa
Majesté le rappel de mon maître, l'illustre
Porpora, qui, ayant été appelé à Berlin, du
consentement du roi, en a été chassé et comme banni en mettant le pied sur la frontière,
sous prétexte d'un défaut de forme dans son
passeport; sans que depuis, malgré les assu-

rances et les promesses de Sa Majesté, j'aie pu obtenir le résultat de cette interminable affaire. Je n'ose plus importuner le roi d'une requête qui ne peut l'intéresser que médiocrement et qu'il a toujours oubliée, j'en suis certaine; mais si la princesse daignait dire un mot aux administrateurs chargés d'expédier cette formalité, j'aurais le bonheur d'être enfin réunie à mon père adoptif, à mon seul appui dans ce monde.

— Ce que vous me dites là m'étonne infiniment, s'écria madame de Kleist. Quoi ! la belle Porporina, que je croyais toute puissante sur l'esprit du monarque, est obligée de recourir à la protection d'autrui pour obtenir une chose qui paraît si simple? Permettez-moi de croire, en ce cas, que Sa Majesté redoute dans votre père adoptif, comme vous l'appelez, un surveillant trop sévère, ou un conseil trop influent contre lui.

— Je fais de vains efforts, madame, pour comprendre ce que vous me faites l'honneur de me dire, répondit la Porporina avec une gravité qui déconcerta madame de Kleist.

— C'est qu'apparemment je me suis trompée sur l'extrême bienveillance et l'admiration sans bornes que le roi professe pour la plus grande cantatrice de l'univers.

— Il ne convient pas à la dignité de madame de Kleist, reprit la Porporina, de se moquer d'une pauvre artiste inoffensive et sans prétentions.

— Me moquer! Qui pourrait songer à se moquer d'un ange tel que vous? vous ignorez vos mérites, mademoiselle, et votre candeur me pénètre de surprise et d'admiration. Tenez, je suis sûre que vous ferez la conquête de la princesse : c'est une personne de premier mouvement. Il ne lui faudra que vous voir de près, pour raffoler de votre personne, comme elle raffole déjà de votre talent.

— On m'avait dit, au contraire, madame , que Son Altesse royale avait toujours été fort sévère pour moi ; que ma pauvre figure avait eu le malheur de lui déplaire, et qu'elle désapprouvait hautement ma méthode de chant.

— Qui a pu vous faire de pareils mensonges?

— C'est le roi qui en a menti, en ce cas ! répondit la jeune fille avec un peu de malice.

— C'était un piége, une épreuve tentée sur votre modestie et votre douceur, reprit madame de Kleist; mais comme je tiens à vous prouver que, simple mortelle, je n'ai pas le droit de mentir comme un grand roi très-malin, je veux vous emmener à l'heure même dans

ma voiture, et vous présenter avec vos partitions chez la princesse.

— Et vous pensez, madame, qu'elle me fera
un bon accueil.

— Voulez-vous vous fier à moi?

— Et si cependant vous vous trompez,
madame, sur qui retombera l'humiliation?

— Sur moi seule; je vous autoriserai à dire
partout que je me vante de l'amitié de la princesse, et qu'elle n'a pour moi ni estime ni déférence.

— Je vous suis, madame, dit la Porporina,
en sonnant pour prendre son manchon et son
mantelet. Ma toilette est fort simple; mais vous
me prenez à l'improviste.

— Vous êtes charmante ainsi, et vous allez
trouver notre chère princesse dans un négligé
encore plus simple. Venez! »

La Porporina mit le rouleau mystérieux
dans sa poche, chargea de partitions la voi-

ture de madame de Kleist, et la suivit résolu-
ment, en se disant : Pour un homme qui a
exposé sa vie pour moi , je puis bien m'exposer à faire antichambre pour rien chez une
petite princesse.

Introduite dans un cabinet de toilette, elle
y resta cinq minutes pendant lesquelles l'abbesse et sa confidente échangèrent ce peu de
mots dans la pièce voisine :

— Madame, je vous l'amène; elle est là.

— Déjà ? ô admirable ambassadrice! Comment faut-il la recevoir? comment est-elle?

— Réservée, prudente ou niaise, profondément dissimulée ou admirablement bête.

— Oh! nous verrons bien! s'écria la princesse, dont les yeux brillèrent du feu d'un
esprit exercé à la pénétration et à la méfiance.
Qu'elle entre!

Pendant cette courte station dans le cabinet, la Porporina avait observé avec surprise

le plus étrange attirail qui ait jamais décoré
le sanctuaire des atours d'une belle princesse:
sphères, compas, astrolabes, cartes astrologi-
ques, bocaux remplis de mixtures sans nom,
têtes de mort, enfin tout le matériel de la
sorcellerie. Mon ami ne se trompe pas, pensat-
t-elle, et le public est bien informé des secrets de la sœur du roi. Il ne me paraît même
pas qu'elle en fasse mystère, puisqu'on me
laisse apercevoir ces objets bizarres. Allons,
du courage.

L'abbesse de Quedlimburg était alors âgée
de vingt-huit à trente ans. Elle avait été jolie
comme un ange; elle l'était encore le soir aux
lumières et à distance; mais en la voyant de
près, au grand jour, la Porporina s'étonna de
la trouver flétrie et couperosée. Ses yeux
bleus, qui avaient été les plus beaux du
monde, désormais cernés de rouge comme
ceux d'une personne qui vient de pleurer,

avaient un éclat maladif et une transparence
profonde qui n'inspirait point la confiance.
Elle avait été adorée de sa famille et de toute
la cour; et, pendant longtemps, elle avait été
la plus affable, la plus enjouée, la plus bienveillante et la plus gracieuse fille de roi dont
le portrait ait jamais été tracé dans les ro-
mans à grands personnages de l'ancienne lit-
térature patricienne. Mais, depuis quelques
années, son caractère s'était altéré comme sa
beauté. Elle avait des accès d'humeur, et
même de violence, qui la faisaient ressembler
à Frédéric par ses plus mauvais côtés. Sans
chercher à se modeler sur lui, et même en le
critiquant beaucoup en secret, elle était
comme invinciblement entraînée à prendre
tous les défauts qu'elle blâmait en lui, et à
devenir maîtresse impérieuse et absolue, esprit sceptique et amer, savante, étroite et
dédaigneuse. Et pourtant, sous ces travers

affreux qui l'envahissaient chaque jour fatale-
ment, on voyait encore percer une bonté
native, un sens droit, une âme courageuse, un
cœur passionné. Que se passait-il donc dans
l'âme de cette malheureuse princesse? Un
chagrin terrible la dévorait, et il fallait qu'elle
l'étouffât dans son sein, qu'elle le portât
stoïquement et d'un air enjoué devant un
monde curieux, malveillant ou insensible.
Aussi, à force de se farder et de se contraindre, avait-elle réussi à développer en elle deux
êtres bien distincts : un qu'elle n'osait révéler
presque à personne, l'autre qu'elle affichait
avec une sorte de haine et de désespoir. On
remarquait qu'elle était devenue plus vive et
plus brillante dans la conversation ; mais cette
gaieté inquiète et forcée était pénible à voir,
et on ne pouvait s'en expliquer l'effet glacial et
presque effrayant. Tour à tour sensible jusqu'à la puérilité, et dure jusqu'à la cruauté,

elle étonnait les autres et s'étonnait elle-même. Des torrents de pleurs éteignaient les feux de sa colère, et puis tout à coup une ironie féroce, un dédain impie l'arrachaient à ces abattements salutaires qu'il ne lui était pas permis de nourrir et de montrer.

La première remarque que fit la Porporina, en l'abordant, fut celle de cette espèce de dualité dans son être. La princesse avait deux aspects, deux visages : l'un caressant, l'autre menaçant ; deux voix : l'une douce et harmonieuse, qui semblait lui avoir été donnée par le ciel pour chanter comme un ange; l'autre rauque et âpre, qui semblait sortir d'une poitrine brûlante, animée d'un souffle diabolique. Notre héroïne, pénétrée de surprise devant un être si bizarre, partagée entre la peur et la sympathie, se demanda si elle allait être envahie et dominée par un bon ou par un mauvais génie.

De son côté, la princesse trouva la Porporina beaucoup plus redoutable qu'elle ne s'é-
tait imaginé. Elle avait espéré que, dépouillée
de ses costumes de théâtre et de ce fard qui
enlaidit extrêmement les femmes, quoiqu'on
en puisse dire, elle justifierait ce que madame
de Kleist lui en avait dit pour la rassurer,
qu'elle était plutôt laide que belle. Mais ce
teint brun-clair, si uni et si pur, ces yeux
noirs si puissants et si doux, cette bouche si
franche, cette taille souple, aux mouvements
si naturels et si aisés, tout cet ensemble d'une
créature honnête, bonne et remplie du calme
ou tout au moins de la force intérieure que
donnent la droiture et la vraie sagesse, impo-
sèrent à l'inquiète Amélie une sorte de respect et même de honte, comme si elle eût pres-
senti une âme inattaquable dans sa loyauté.

Les efforts qu'elle fit pour cacher son malaise furent remarqués de la jeune fille, qui

s'étonna, comme on peut le croire, de voir une si haute princesse intimidée devant elle. Elle commença donc, pour ranimer une conversation qui tombait d'elle-même à chaque instant, à ouvrir une de ses partitions, où elle avait glissé la lettre cabalistique ; et elle s'arrangea de manière à ce que ce grand papier et ces gros caractères frappassent les regards de la princesse. Dès que l'effet fut produit, elle feignit de vouloir retirer cette feuille, comme si elle eût été surprise de la trouver là ; mais l'abbesse s'en empara précipitamment, en s'écriant : « Qu'est-ce cela, mademoiselle ? Au nom du ciel, d'où cela vous vient-il ?

— S'il faut l'avouer à Votre Altesse, répondit la Porporina d'un air significatif, c'est une opération astrologique que je me proposais de lui présenter, lorsqu'il lui plairait de m'inter-

roger sur un sujet auquel je ne suis pas tout
à fait étrangère. »

La princesse fixa ses yeux ardents sur la
cantatrice, les reporta sur les caractères magiques, courut à l'embrasure d'une fenêtre, et,
ayant examiné le grimoire un instant, elle fit
un grand cri, et tomba comme suffoquée dans
les bras de madame de Kleist, qui s'était élan-
cée vers elle en la voyant chanceler.

« Sortez, mademoiselle, dit précipitamment la favorite à la Porporina; passez dans
le cabinet, et ne dites rien; n'appelez personne,
personne, entendez-vous?

— Non, non, qu'elle ne sorte pas... dit la
princesse d'une voix étouffée, qu'elle vienne
ici... ici, près de moi. Ah! mon enfant, s'é-
cria-t-elle dès que la jeune fille fut auprès
d'elle, quel service vous m'avez rendu! »

Et saisissant la Porporina dans ses bras
maigres et blancs, animés d'une force convul-

sive, la princesse la serra sur son cœur et couvrit ses joues de baisers saccadés et pointus dont la pauvre enfant se sentit le visage tout meurtri et l'âme toute consternée.

« Décidément, ce pays-ci rend fou, pensat-elle; j'ai cru plusieurs fois le devenir, et je vois bien que les plus grands personnages le sont encore plus que moi. Il y a de la démence dans l'air. »

La princesse lui détacha enfin ses bras du cou, pour les jeter autour de celui de madame de Kleist, en criant et en pleurant, et en répétant de sa voix la plus étrange :

« Sauvé! sauvé! il est sauvé! mes amies, mes bonnes amies! Trenck s'est enfui de la forteresse de Glatz; il se sauve, il court, il court encore!... »

Et la pauvre princesse tomba dans un accès de rire convulsif, entrecoupé de sanglots qui faisaient mal à voir et à entendre.

« Ah ! madame, pour l'amour du ciel, contenez votre joie ! dit madame de Kleist ; prenez garde qu'on ne vous entende ! »

Et ramassant la prétendue cabale, qui n'était autre chose qu'une lettre en chiffres du baron de Trenck, elle aida la princesse à en poursuivre la lecture, que celle-ci interrompit mille fois par les éclats d'une joie frébile et quasi forcenée.

5

« Séduire, grâce aux moyens que mon *in-*
« *comparable amie* m'en a donnés, les bas
« officiers de la garnison, m'entendre avec un
« prisonnier aussi friand que moi de sa li-
« berté, donner un grand coup de poing à
« un surveillant, un grand coup de pied à un

« autre, un grand coup d'épée à un troisiè-
« me, faire un saut prodigieux au bas du
« rempart, en précipitant devant moi mon
« ami qui ne se décidait pas assez vite, et qui
« se démit le pied en tombant, le ramasser,
« le prendre sur mes épaules, courir ainsi
« pendant un quart d'heure, traverser la Néiss
« dans l'eau jusqu'à la ceinture, par un brouil-
« lard à ne pas voir le bout de son nez, cou-
« rir encore sur l'autre rive, marcher toute
« la nuit, une épouvantable nuit!... s'égarer,
« tourner dans la neige, autour d'une mon-
« tagne sans savoir où l'on est, et entendre
« sonner quatre heures du matin à l'horloge
« de Glatz! c'est-à-dire avoir perdu son temps
« et sa peine pour arriver à se retrouver sous
« les murs de la ville au point du jour... re-
« prendre courage, entrer chez un paysan,
« lui enlever deux chevaux, le pistolet sur la
« gorge, et fuir à toute bride et à tout hasard;

« conquérir sa liberté avec mille ruses, mille
« terreurs, mille souffrances, mille fatigues ;
« et se trouver enfin sans argent, sans habits,
« presque sans pain, par un froid rigoureux
« en pays étranger ; mais se sentir libre après
« avoir été condamné à une captivité épou-
« vantable, éternelle ; penser à une *adorable*
« *amie,* se dire que cette nouvelle la com-
« blera de joie, faire mille projets audacieux
« et ravissants pour se rapprocher d'elle, c'est
« être plus heureux que Frédéric de Prusse,
« c'est être le plus heureux des hommes, c'est
« être l'élu de la Providence. »

Telle était en somme la lettre du jeune Frédéric de Trenck à la princesse Amélie ; et la
facilité avec laquelle madame de Kleist lui en
fit la lecture, prouva à la Porporina, surprise
et attendrie, que cette correspondance par
cahiers leur était très familière. Il y avait un
post-scriptum ainsi conçu : « La personne

« qui vous remettra cette lettre est aussi sûre
« que les autres l'étaient peu. Vous pouvez
« enfin vous confier à elle sans réserve et lui
« remettre toutes vos dépêches pour moi. Le
« comte de Saint-Germain lui fournira les
« moyens de me les faire parvenir ; mais il
« est nécessaire que ledit comte, auquel je ne
« saurais me fier sous tous les rapports, n'en-
« tende jamais parler de vous, et me croie
« épris de la signora Porporina, quoiqu'il
« n'en soit rien, et que je n'aie jamais eu
« pour elle qu'une paisible et pure amitié.
« Qu'aucun nuage n'obscurcisse donc le beau
« front de la *divinité que j'adore*. C'est pour
« elle seule que je respire, et j'aimerais mieux
« mourir que de la tromper. »

Pendant que madame de Kleist déchiffrait
ce *post-scriptum* à haute voix, et en pesant
sur chaque mot, la princesse Amélie exami-
nait attentivement les traits de la Porporina,

pour essayer d'y surprendre une expression
de douleur, d'humiliation ou de dépit. La sérénité angélique de cette digne créature la
rassura entièrement, et elle recommença à
l'accabler de caresses en s'écriant : « Et moi
qui te soupçonnais, pauvre enfant ! Tu ne sais
pas combien j'ai été jalouse de toi, combien
je t'ai haïe et maudite ! Je voulais te trouver
laide et méchante actrice, justement parce
que je craignais de te trouver trop belle et
trop bonne. C'est que mon frère redoutant de
me voir nouer des relations avec toi, tout en
feignant de vouloir t'amener à mes concerts,
avait eu soin de me faire entendre que tu
avais été à Vienne la maîtresse, l'idole de
Trenck. Il savait bien que c'était le moyen de
m'éloigner à jamais de toi. Et je le croyais,
tandis que tu te dévoues aux plus grands dangers, pour m'apporter cette bienheureuse
nouvelle ! Tu n'aimes donc pas le roi ? Ah ! tu

fais bien, c'est le plus pervers et le plus cruel
des hommes !

— Oh ! madame, madame ! dit madame de
Kleist, effrayée de l'abandon et de la volubi-
lité délirante avec lesquels la princesse parlait
devant la Porporina, à quels dangers vous
vous exposeriez vous-même en ce moment, si
mademoiselle n'était pas un ange de courage et
de dévouement !

— C'est vrai... je suis dans un état !... Je
crois bien que je n'ai pas ma tête. Ferme bien
les portes, de Kleist, et regarde auparavant si
personne dans les antichambres n'a pu m'é-
couter. Quant à elle, ajouta la princesse en
montrant la Porporina, regarde-la, et dis-moi
s'il est possible de douter d'une figure comme
la sienne. Non, non ! je ne suis pas si impru-
dente que j'en ai l'air, chère Porporina, ne
croyez pas que je vous parle à cœur ouvert
par distraction, ni que je vienne à m'en re-

pentir quand je serai calme. J'ai un instinct infaillible, voyez-vous, mon enfant. J'ai un coup d'œil qui ne m'a jamais trompée. C'est dans la famille, cela, et mon frère le roi qui s'en pique ne me vaut pas sous ce rapport-là. Non, vous ne me tromperez pas, je le vois, je le sais!... vous ne voudriez pas tromper une femme qui est dévorée d'un amour malheureux, et qui a souffert des maux dont personne n'aura jamais l'idée!

— Oh! madame, jamais! dit la Porporina en s'agenouillant près d'elle, comme pour prendre Dieu à témoin de son serment : ni vous, ni M. de Trenck qui m'a sauvé la vie, ni personne au monde, d'ailleurs !

— Il t'a sauvé la vie? Ah! je suis sûr qu'il l'a sauvé à bien d'autres! il est si brave, si bon, si beau! Il est bien beau, n'est-ce pas? mais tu ne dois pas trop l'avoir regardé; autrement tu en serais devenue amoureuse, et

tu ne l'es pas, n'est-il pas vrai? Tu me ra-
conteras comment tu l'as connu, et comment
il t'a sauvé la vie ; mais pas maintenant. Je
ne pourrais pas t'écouter. Il faut que je parle,
mon cœur déborde. Il y a si longtemps qu'il
se dessèche dans ma poitrine! Je veux parler,
parler encore ; laisse-moi tranquille, de Kleist.
Il faut que ma joie s'exhale, ou que j'éclate.
Seulement, ferme les portes, fais le guet,
garde-moi, aie soin de moi. Ayez pitié de moi,
mes pauvres amies, car je suis bien heureuse! »
Et la princesse fondit en larmes.

« Tu sauras, reprit-elle au bout de quelques instants et d'une voix entrecoupée par
des larmes, mais avec une agitation que rien
ne pouvait calmer, qu'il m'a plu dès le premier jour où je l'ai vu. Il avait dix-huit ans, il
était beau comme un ange, et si instruit, si
franc, si brave! On voulait me marier au roi
de Suède. Ah bien oui! et ma sœur Ulrique

qui pleurait de dépit de me voir devenir reine
et de rester fille ! « Ma bonne sœur, lui dis-je,
il y a moyen de nous arranger. Les grands qui
gouvernent la Suède veulent une reine catho-
lique ; moi je ne veux pas abjurer. Ils veulent
une bonne petite reine, bien indolente, bien
tranquille, bien étrangère à toute action politique ; moi, si j'étais reine, je voudrais régner.
Je vais me prononcer nettement sur ces points-
là devant les ambassadeurs, et tu verras que
demain ils écriront à leur prince que c'est toi
qui conviens à la Suède, et non pas moi. »
Je l'ai fait comme je l'ai dit, et ma sœur est
reine de Suède. Et j'ai joué la comédie, depuis ce jour-là, tous les jours de ma vie Ah!
Porporina, vous croyez que vous êtes actrice?
Non, vous ne savez pas ce que c'est que de
jouer un rôle toute sa vie, le matin, le jour,
le soir, et souvent la nuit. Car tout ce qui
respire autour de nous n'est occupé qu'à nous

épier, à nous deviner et à nous trahir. J'ai
été forcée de faire semblant d'avoir bien du
regret et du dépit , quand, par mes soins, ma
sœur m'a escamoté le trône de Suède. J'ai été
forcée de faire semblant de détester Trenck,
de le trouver ridicule, de me moquer de lui,
que sais-je! Et cela dans le temps où je l'ado-
rais, où j'étais sa maîtresse, où j'étouffais d'i-
vresse et de bonheur comme aujourd'hui!...
ah! plus qu'aujourd'hui, hélas! Mais Trenck
n'avait pas ma force et ma prudence. Il n'é-
tait pas né prince, il ne savait pas feindre et
mentir comme moi. Le roi a tout découvert,
et, suivant la coutume des rois, il a menti, il
a feint de ne rien voir, mais il a persécuté
Trenck, et ce beau page, son favori, est devenu l'objet de sa haine et de sa fureur. Il l'a
accablé d'humiliations et de duretés. Il le
mettait aux arrêts sept jours sur huit. Mais le
huitième, Trenck était dans mes bras; car

rien ne l'effraye, rien ne le rebute. Comment
ne pas adorer tant de courage? Eh bien, le
roi a imaginé de lui confier une mission à l'é-
tranger. Et' quand il l'a eue remplie avec autant d'habileté que de promptitude, mon frère
a eu l'infamie de l'accuser d'avoir livré à son
cousin Trenck le Pandoure, qui est au service de Marie-Thérèse, les plans de nos for-
teresses et les secrets de la guerre. C'était le
moyen, non-seulement de l'éloigner de moi
par une captivité éternelle, mais de le déshonorer, et de le faire périr de chagrin, de désespoir et de rage dans les horreurs du cachot. Vois si je puis estimer et bénir mon
frère. Mon frère est un grand homme, à ce
qu'on dit. Moi, je vous dis que c'est un monstre! Ah! garde-toi de l'aimer, jeune fille; car
il te brisera comme une branche! Mais il faut
faire semblant, vois-tu! toujours semblant!
dans l'air où nous vivons, il faut respirer en

cachette. Moi, je fais semblant d'adorer mon frère. Je suis sa sœur bien-aimée, tout le monde le sait, ou croit le savoir... Il est aux petits soins pour moi. Il cueille lui-même des cerises sur les espaliers de Sans-Souci, et il s'en prive, lui qui n'aime que cela sur la terre, pour me les envoyer; et avant de les remettre au page qui m'apporte la corbeille, il les compte pour que le page n'en mange pas en route. Quelle attention délicate! quelle naïveté digne de Henri IV et du roi René! Mais il fait périr mon amant dans un cachot sous terre, et il essaye de le déshonorer à mes yeux pour me punir de l'avoir aimé! Quel grand cœur et quel bon frère! aussi comme nous nous aimons!...

Tout en parlant, la princesse pâlit, sa voix s'affaiblit peu à peu et s'éteignit; ses yeux devinrent fixes et comme sortis de leurs orbites; elle resta immobile, muette et livide.

Elle avait perdu connaissance. La Porporina, effrayée, aida madame de Kleist à la délacer et à la porter dans son lit, où elle reprit un peu de sentiment, et continua à murmurer des paroles inintelligibles. « L'accès va se passer, grâce au ciel, dit madame de Kleist à la cantatrice. Quand elle aura repris l'empire de la volonté, j'appellerai ses femmes. Quant à vous, ma chère enfant, il faut absolument que vous passiez dans le salon de musique et que vous chantiez pour les murailles ou plutôt pour les oreilles de l'antichambre. Car le roi saura infailliblement que vous êtes venue ici, et il ne faut pas que vous paraissiez vous être occupée avec la princesse d'autre chose que de la musique. La princesse va être malade, cela servira à cacher sa joie. Il ne faut pas qu'elle paraisse se douter de l'évasion de Trenck, ni vous non plus. Le roi la sait à l'heure qu'il est, cela est certain. Il aura de

l'humeur, des soupçons affreux, et sur tout
le monde. Prenez bien garde à vous. Vous êtes
perdue tout aussi bien que moi, s'il découvre
que vous avez remis cette lettre à la princesse ;
et les femmes vont à la forteresse aussi bien que
les hommes dans ce pays-ci. On les y oublie
à dessein, tout comme les hommes ; elles y
meurent tout comme les hommes. Vous voilà
avertie, adieu. Chantez, et partez sans bruit
comme sans mystère. Nous serons au moins
huit jours sans vous revoir, pour détourner
tout soupçon. Comptez sur la reconnaissance
de la princesse. Elle est magnifique, et sait
récompenser le dévouement...

« Hélas ! madame, dit tristement la Porporina, vous croyez donc qu'il faut des menaces et des promesses avec moi ? Je vous plains
d'avoir cette pensée ! »

Brisée de fatigue après les émotions violen-
tes qu'elle venait de partager, et malade en-

core de sa propre émotion de la veille, la
Porporina se mit pourtant au clavecin, et
commençait à chanter, lorsqu'une porte s'ouvrit derrière elle si doucement, qu'elle ne s'en
aperçut pas ; et tout à coup, elle vit dans la
glace à laquelle touchait l'instrument la figure du roi se dessiner à côté d'elle. Elle tressaillit et voulut se lever ; mais le roi, appuyant
le bout de ses doigts secs sur son épaule, la
contraignit de rester assise et de continuer.
Elle obéit avec beaucoup de répugnance et de
malaise. Jamais elle ne s'était sentie moins
disposée à chanter, jamais la présence de Frédéric ne lui avait semblé plus glaciale et
plus contraire à l'inspiration musicale.

« C'est chanté dans la perfection, dit le roi
lorsqu'elle eut fini son morceau, pendant lequel elle avait remarqué avec terreur qu'il
était allé sur la pointe du pied écouter derrière la porte entr'ouverte de la chambre à

coucher de sa sœur. Mais je remarque avec chagrin, ajouta-t-il, que cette belle voix est un peu altérée ce matin. Vous eussiez dû vous reposer, au lieu de céder à l'étrange caprice de la princesse Amélie, qui vous fait venir pour ne pas vous écouter.

— Son Altesse Royale s'est trouvée subitement indisposée, répondit la jeune fille effrayée de l'air sombre et soucieux du roi, et on m'a ordonné de continuer à chanter pour la distraire.

— Je vous assure que c'est peine perdue, et qu'elle ne vous écoute pas du tout, reprit le roi sèchement. Elle est là dedans qui chuchote avec madame de Kleist, comme si de rien n'était ; et puisque c'est ainsi, nous pouvons bien chuchoter ensemble ici, sans nous soucier d'elles. La maladie ne me paraît pas grave. Je crois que votre sexe va très vite en ce genre d'un excès à l'autre. On vous croyait morte hier au soir ; qui se serait douté que vous fussiez ici ce matin à soigner et à divertir ma sœur ? Auriez-vous la bonté de me dire par quel hasard vous vous êtes fait présenter ici de but en blanc ? »

La Porporina, étourdie de cette question, demanda au ciel de l'inspirer.

« Sire, répondit-elle en s'efforçant de prendre de l'assurance, je n'en sais trop rien moi-même. On m'a fait demander ce matin la partition que voici. J'ai pensé qu'il était de mon devoir de l'apporter moi-même. Je croyais déposer mes livres dans l'anti-chambre et m'en retourner bien vite. Madame de Kleist m'a aperçue. Elle m'a nommée à Son Altesse, qui a eu apparemment la curiosité de me voir de près. On m'a forcée d'entrer. Son Altesse a daigné m'interroger sur le style de divers morceaux de musique ; puis se sentant malade, elle m'a ordonné de lui faire entendre celui-ci

pendant qu'elle se mettrait au lit. Et maintenant, je pense qu'on daignera me permettre
d'aller à la répétition...

— Ce n'est pas encore l'heure, dit le roi :
je ne sais pas pourquoi les pieds vous grillent
de vous sauver quand je veux causer avec
vous.

— C'est que je crains toujours d'être dé-
placée devant Votre Majesté.

— Vous n'avez pas le sens commun, ma
chère.

— Raison de plus, sire !

— Vous resterez, » reprit-il en la forçant de
se rasseoir devant le piano, et en se plaçant
debout vis-à-vis d'elle ; et il ajouta en l'examinant d'un air moitié père, moitié inquisiteur :
« Est-ce vrai, tout ce que vous venez de me
conter là ! »

La Porporina surmonta l'horreur qu'elle
avait pour le mensonge. Elle s'était dit sou-

vent qu'elle serait sincère sur son propre
compte avec cet homme terrible, mais qu'elle
saurait mentir s'il s'agissait jamais du salut de
ses victimes. Elle se voyait arrivée inopinément
à cet instant de crise où la bienveillance du
maître pouvait se changer en fureur. Elle en
eut fait volontiers le sacrifice plutôt que de
descendre à la dissimulation ; mais le sort de
Trenck et celui de la princesse reposaient sur
sa présence d'esprit et sur son intelligence.
Elle appela l'art de la comédienne à son secours, et soutint avec un sourire malin le regard d'aigle du roi : c'était plutôt celui du
vautour dans ce moment-là.

« Eh bien, dit le roi, pourquoi ne répon-
dez-vous pas ?

— Pourquoi Votre Majesté veut-elle m'ef-
frayer en feignant de douter de ce que je viens
de dire ?

— Vous n'avez pas l'air effrayé du tout. Je

vous trouve, au contraire, le regard bien hardi ce matin.

— Sire, on n'a peur que de ce qu'on hait. Pourquoi voulez-vous que je vous craigne ? »

Frédéric hérissa son armure de crocodile pour ne pas être ému de cette réponse, la plus coquette qu'il eût encore obtenue de la Porporina. Il changea aussitôt de propos, suivant sa coutume, ce qui est un grand art, plus difficile qu'on ne pense.

« Pourquoi vous êtes-vous évanouie, hier soir, sur le théâtre ?

— Sire, c'est le moindre souci de Votre Majesté, et c'est mon secret à moi.

— Qu'avez-vous donc mangé à votre déjeûner pour être si dégagée dans votre langage avec moi ce matin ?

— J'ai respiré un certain flacon qui m'a remplie de confiance dans la bonté et dans la justice de celui qui me l'avait apporté.

— Ah ! vous avez pris cela pour une déclaration ! dit Frédéric d'un ton glacial et avec un mépris cynique.

— Dieu merci, non ! répondit la jeune fille avec un mouvement d'effroi très sincère.

— Pourquoi dites-vous *Dieu merci ?*

— Parce que je sais que Votre Majesté ne fait que des déclarations de guerre, même aux dames.

— Vous n'êtes ni la Czarine, ni Marie-Thérèse ; quelle guerre puis-je avoir avec vous ?

— Celle que le lion peut avoir avec le moucheron.

— Et quelle mouche vous pique, vous, de citer une pareille fable ? Le moucheron fit périr le lion à force de le harceler.

— C'était sans doute un pauvre lion, colère et par conséquent faible. Je n'ai donc pu penser à cet apologue.

— Mais le moucheron était âpre et piquant.
Peut-être que l'apologue vous sied bien !

— Votre Majesté le pense ?

— Oui.

— Sire, vous mentez ! »

Frédéric prit le poignet de la jeune fille, et
le serra convulsivement jusqu'à le meurtrir.
Il y avait de la colère et de l'amour dans ce
mouvement bizarre. La Porporina ne changea
pas de visage, et le roi ajouta en regardant sa
main rouge et gonflée : « Vous avez du courage !

— Non, sire, mais je ne fais pas semblant
d'en manquer comme tous ceux qui vous
entourent.

— Que voulez-vous dire !

— Qu'on fait souvent le mort pour n'être
pas tué. A votre place, je n'aimerais pas qu'on
me crût si terrible.

— De qui êtes-vous amoureuse ? dit le roi changeant encore une fois de propos..

— De personne, sire.

— Et en ce cas, pourquoi avez-vous des attaques de nerfs ?

— Cela n'intéresse point le sort de la Prusse, et par conséquent le roi ne se soucie pas de le savoir.

— Croyez-vous donc que ce soit le roi qui vous parle ?

— Je ne saurais l'oublier.

— Il faut pourtant vous y décider. Jamais le roi ne vous parlera ; ce n'est pas au roi que vous avez sauvé la vie, mademoiselle.

— Mais je n'ai pas retrouvé ici le baron de Kreutz.

— Est-ce un reproche ? Il serait injuste. Le roi n'eût pas été hier s'informer de votre santé. Le capitaine Kreutz y a été.

— La distinction est trop subtile pour moi, monsieur le capitaine.

— Eh bien tâchez de l'apprendre. Tenez, quand je mettrai mon chapeau sur ma tête, comme cela, un peu à gauche, je serai le capitaine ; et quand je le mettrai comme ceci, à droite, je serai le roi : et selon ce que je serai, vous serez Consuelo, ou mademoiselle Porporina.

— J'entends, sire, Eh bien, cela me sera impossible. Votre Majesté est libre d'être deux, d'être trois, d'être cent ; moi je ne sais être qu'une.

— Vous mentez ! vous ne me parleriez pas sur le théâtre devant vos camarades comme vous me parlez ici.

— Sire, ne vous y fiez pas !

— Ah çà, vous avez donc le diable au corps aujourd'hui ?

— C'est que le chapeau de Votre Majesté

n'est ni à droite ni à gauche, et que je ne sais
pas à qui je parle. »

Le roi, vaincu par l'attrait qu'il éprouvait,
dans ce moment surtout, auprès de la Porporina , porta la main à son chapeau d'un air de
bonhomie enjouée, et le mit sur l'oreille gauche avec tant d'exagération, que sa terrible
figure en devint comique. Il voulait faire le
simple mortel et le roi en vacances autant que
possible; mais tout d'un coup, se rappelant
qu'il était venu là, non pour se distraire de ses
soucis, mais pour pénétrer les secrets de l'abbesse de Quedlimburg, il ôta son chapeau
tout-à-fait, d'un mouvement brusque et chagrin; le sourire expira sur ses lèvres, son
front se rembrunit, et il se leva en disant à la
jeune fille : « Restez ici, je viendrai vous y
reprendre; » et il passa dans la chambre de
la princesse, qui l'attendait en tremblant.
Madame de Kleist , l'ayant vu causer avec la

Porporina, n'avait osé bouger d'auprès du lit
de sa maîtresse. Elle avait fait de vains efforts
pour entendre cet entretien ; et, n'en pouvant
saisir un mot à cause de la grandeur des appartements, elle était plus morte que vive.

De son côté, la Porporina frémit de ce qui
allait se passer. Ordinairement grave et res-
pectueusement sincère avec le roi, elle venait
de se faire violence pour le distraire, par des
coquetteries de franchise un peu affectées, de
l'interrogatoire dangereux qu'il commençait à
lui faire subir. Elle avait espéré le détourner
tout-à-fait de tourmenter sa malheureuse
sœur. Mais Frédéric n'était pas homme à s'en
départir , et les efforts de la pauvrette
échouaient devant l'obstination du despote.
Elle recommanda la princesse Amélie à Dieu ;
car elle comprit fort bien que le roi la forçait
à rester là, afin de confronter ses explications
avec celles qu'on préparait dans la pièce voi-

sinc. Elle n'en douta plus en voyant le soin
avec lequel, en y passant, il ferma la porte
derrière lui. Elle resta donc un quart d'heure
dans une pénible attente, agitée d'un peu de
fièvre, effrayée de l'intrigue où elle se voyait
enveloppée, mécontente du rôle qu'elle était
forcée de jouer, se retraçant avec épouvante
ces insinuations qui commençaient à lui venir
de tous côtés de la possibilité de l'amour du
roi pour elle et l'espèce d'agitation que le **roi**
lui-même venait de trahir à cet égard dans ses
étranges manières.

6

Mais, mon Dieu ! l'habileté du plus terrible dominicain qui ait jamais fait les fonctions de grand inquisiteur peut-elle lutter contre celle de trois femmes, quand l'amour, la peur et l'amitié inspirent chacune d'elles dans le même sens ? Frédéric eut beau s'y prendre

de toutes les manières, par l'amabilité caressante et par la provoquante ironie, par
les questions imprévues, par une feinte in-
différence, par des menaces détournées,
rien ne lui servit. L'explication de la présence de Consuelo dans les appartements de
la princesse se trouva absolument conforme,
dans la bouche de madame de Kleist et dans
les affirmations d'Amélie, à celle que la
Porporina avait si heureusement improvisée.
C'était la plus naturelle, la plus vraisem-
blable. Mettre tout sur le compte du hasard
est le meilleur moyen. Le hasard ne parle
pas et ne donne pas de démentis.

De guerre lasse, le roi abandonna la partie, ou changea de tactique ; car il s'écria
tout d'un coup :

« Et la Porporina, que j'oublie là dedans !
Chère petite sœur, puisque vous vous trou-

vez mieux, faites-la rentrer, son caquet nous
amusera.

— J'ai envie de dormir, répondit la princesse, qui redoutait quelque piége.

— Eh bien, souhaitez-lui le bonjour, et
congédiez-là vous-même. » En parlant ainsi,
le roi, devançant madame de Kleist, alla lui-
même ouvrir la porte et appela la Porporina.

Mais, au lieu de la congédier, il entama
sur-le-champ une dissertation sur la musique allemande et la musique italienne; et
lorsque le sujet fut épuisé, il s'écria tout
d'un coup :

« Ah! signora Porporina, une nouvelle
que j'oubliais de vous dire, et qui va vous
faire plaisir certainement : Votre ami, le baron de Trenck, n'est plus prisonnier.

— Quel baron de Trenck, sire? demanda
la jeune fille avec une habile candeur : j'en
connais deux, et tous deux sont en prison.

—Oh! Trenck le Pandoure périra au Spiel-
berg. C'est Trenck le prussien qui a pris la
clef des champs.

— Eh bien, sire, répondit la Porporina,
pour ma part, je vous en rends grâces. Votre
majesté a fait là un acte de justice et de générosité.

— Bien obligé du compliment, mademoiselle. Qu'en pensez-vous, ma chère sœur?

— De quoi parlez-vous donc? dit la princesse. Je ne vous ai pas écouté, mon frère,
je commençais à m'endormir.

— Je parle de votre protégé, le beau
Trenck, qui s'est enfui de Glatz par-dessus les
murs.

— Ah! Il a bien fait, répondit Amélie,
avec un grand sang-froid.

—Il a mal fait, reprit sèchement le roi. On
allait examiner son affaire, et il eût pu se
justifier peut-être des charges qui pèsent sur

sa tête. Sa fuite est l'aveu de ses crimes.

— S'il en est ainsi, je l'abandonne, dit Amélie, toujours impassible.

— Mademoiselle Porporina persisterait à le défendre, j'en suis certain, reprit Frédéric; je vois cela dans ses yeux.

— C'est que je ne puis croire à la trahison, dit-elle.

— Surtout quand le traître est un si beau garçon? Savez-vous, ma sœur, que mademoiselle Porporina est très liée avec le baron de Trenck?

— Grand bien lui fasse! dit Amélie froidement. Si c'est un homme déshonoré, je lui conseille pourtant de l'oublier. Maintenant, je vous souhaite le bonjour, mademoiselle, car je me sens très fatiguée. Je vous prie de vouloir bien revenir dans quelques jours pour m'aider à lire cette partition, elle me paraît fort belle.

—Vous avez donc repris goût à la musique?
dit le roi. J'ai cru que vous l'aviez abandonnée tout à fait.

— Je veux essayer de m'y remettre, et
j'espère, mon frère, que vous voudrez bien
venir m'aider. On dit que vous avez fait de
grands progrès, et maintenant vous me don-
nerez des leçons.

— Nous en prendrons tous deux de la
signora. Je vous l'amènerai.

—C'est cela. Vous me ferez grand plaisir.»

Madame de Kleist reconduisit la Porporina
jusqu'à l'antichambre, et celle-ci se trouva
bientôt seule dans de longs corridors, ne sachant trop par où se diriger pour sortir du
palais, et ne se rappelant guère par où elle
avait passé pour venir jusque-là.

La maison du roi étant montée avec la
plus stricte économie, pour ne pas dire plus,
on rencontrait peu de laquais dans l'intérieur

du château. La Porporina n'en trouva pas un seul de qui elle pût se renseigner, et se mit à errer à l'aventure dans ce triste et vaste manoir.

Préoccupée de ce qui venait de se passer, brisée de fatigue, à jeun depuis la veille, la Porporina se sentait la tête très affaiblie ; et, comme il arrive quelquefois en pareil cas, une excitation maladive soutenait encore sa force physique. Elle marchait au hasard, plus vite qu'elle n'eût fait en état de santé ; et poursuivie par une idée toute personnelle, qui depuis la veille la tourmentait étrange-ment, elle oublia complétement en quel lieu elle se trouvait, s'égara, traversa des gale-ries, des cours, revint sur ses pas, descendit et remonta des escaliers, rencontra diverses personnes, ne songea plus à leur demander son chemin, et se trouva enfin, comme au sortir d'un rêve, à l'entrée d'une vaste salle

remplie d'objets bizarres et confus , au seuil
de laquelle un personnage grave et poli la
salua avec beaucoup de courtoisie, et l'invita
à entrer.

La Porporina reconnut le très docte académi-
cien Stoss, conservateur du cabinet de curiosités et de la bibliothèque du château. Il était
venu plusieurs fois chez elle pour lui faire essayer de précieux manuscrits de musique pro-
testante, des premiers temps de la réforma-
tion, trésors calligraphiques dont il avait en-
richi la collection royale. En apprenant qu'elle
cherchait une issue pour sortir du palais, il
s'offrit aussitôt à la reconduire chez elle;
mais il la pria si instamment de jeter un coup-
d'œil sur le précieux cabinet confié à ses soins,
et dont il était fier à juste titre, qu'elle ne pût
refuser d'en faire le tour, appuyée sur son
bras. Facile à distraire comme toutes les or-
ganisations d'artiste, elle y prit bientôt plus

d'intérêt qu'elle ne s'était crue disposée à le faire, et son attention fut absorbée entièrement par un objet que lui fit particulièrement remarquer le très digne professeur.

« Ce tambour, qui n'a rien de particulier au premier coup d'œil, lui dit-il, et que je soupçonne même d'être un monument apocryphe, jouit pourtant d'une grande célébrité. Ce qu'il y a de certain, c'est que la partie résonnante de cet instrument guerrier est une peau humaine, ainsi que vous pouvez l'observer vous-même par l'indice du renflement des pectoraux. Ce trophée, enlevé à Prague par Sa Majesté dans la glorieuse guerre qu'elle vient de terminer, est, dit-on, la peau de *Jean Ziska du Calice,* le célèbre chef de la grande insurrection des Hussites au quinzième siècle. On prétend qu'il avait légué cette dépouille sacrée à ses compagnons d'armes, leur promettant *là où elle serait, là serait aussi*

la victoire. Les Bohémiens prétendent que le
son de ce redoutable tambour mettait en
fuite leurs ennemis, qu'il évoquait les ombres
de leurs chefs morts en combattant pour la
sainte cause, et mille autres merveilles...
Mais outre que, dans le brillant siècle de *raison* où nous avons le bonheur de vivre, de
semblables superstitions ne méritent que le
mépris, M. Lenfant, prédicateur de Sa Majesté la reine mère, et auteur d'une recommandable histoire des Hussites, affirme que
Jean Ziska a été enterré avec sa peau, et
que par conséquent... Il me semble, mademoiselle, que vous pâlissez... Seriez-vous
souffrante, ou la vue de cet objet bizarre vous
causerait-elle du dégoût? Ce Ziska était un
grand scélérat et un rebelle bien féroce...

— C'est possible, monsieur, répondit la
Porporina; mais j'ai habité la Bohème, et j'y
ai entendu dire que c'était un bien grand

homme ; son souvenir y est encore aussi vivant que celui de Louis XIV peut l'être en France, et on l'y considère comme le sauveur de sa patrie.

—Hélas ! c'est une patrie bien mal sauvée, répondit en souriant M. Stoss, et j'aurais beau faire résonner la poitrine sonore de son libérateur, je ne ferais pas même apparaître son ombre honteusement captive dans le palais du vainqueur de ses descendants. » En parlant ainsi, d'un ton pédant, le recommandable M. Stoss promena ses doigts sur le tambour, qui rendit un son mat et sinistre, comme celui que produisent ces instruments voilés de deuil, lorsqu'on les bat sourdement dans les marches funèbres. Mais le savant conservateur fut brusquement interrompu dans ce divertissement profane , par un cri perçant de la Porporina, qui se jeta dans ses bras, et se cacha le visage sur son épaule, comme un enfant épouvanté de quelque objet bizarre ou terrible.

Le grave M. Stoss regarda autour de lui pour chercher la cause de cette épouvante soudaine, et vit, arrêtée au seuil de la salle, une personne dont l'aspect ne lui causa qu'un sentiment de dédain. Il allait faire signe à cette personne de s'éloigner, mais elle avait passé outre, avant que la Porporina, cramponnée à lui, lui eût laissé la liberté de ses mouvements.

— En vérité, mademoiselle, lui dit-il en la conduisant à une chaise où elle se laissa tomber anéantie et tremblante, je ne comprends pas ce qui vous arrive. Je n'ai rien vu qui pût motiver l'émotion que vous ressentez.

— Vous n'avez rien vu, vous n'avez vu personne? lui dit la Porporina d'une voix éteinte et d'un air égaré. Là, sur cette porte... vous n'avez pas vu un homme arrêté, qui me regardait avec des yeux effrayants?

— J'ai vu parfaitement un homme qui erre souvent dans le château et qui voudrait peut-être se donner des airs effrayants comme vous dites fort bien ; mais je vous confesse qu'il m'intimide peu, et que je ne suis pas de ses dupes.

— Vous l'avez vu ? ah ! monsieur, il était donc là, en effet ? Je ne l'ai pas rêvé ? Mon Dieu, mon Dieu ! qu'est-ce que cela signifie ?

— Cela signifie qu'en vertu de la protection spéciale d'une aimable et auguste princesse qui s'amuse, je crois, de ses folies plus qu'elle n'y ajoute foi, il est entré dans le château et se rend aux appartements de Son Altesse Royale.

— Mais qui est-il, comment le nommez-vous ?

— Vous l'ignorez ! d'où vient donc que vous avez peur ?

— Au nom du ciel, monsieur , dites-moi quel est cet homme ?

— Eh mais, c'est Trismégiste, le sorcier de la princesse Amélie ! un de ces charlatans qui font le métier de prédire l'avenir et de révéler les trésors cachés, de faire de l'or , et mille autres talents de société qui ont été fort de mode ici avant le glorieux règne de Frédéric le Grand. Vous n'êtes pas sans avoir entendu dire, signora, que l'abbesse de Quedlimburg conserve le goût...

— Oui, oui, monsieur, je sais qu'elle étudie la cabale, par curiosité sans doute...

— Oh ! certainement. Comment supposer qu'une princesse si éclairée , si instruite, s'occupe sérieusement de pareilles extravagances ?

— Enfin, monsieur, vous connaissez cet homme !

— Oh! depuis long-temps; il y a bien quatre ans qu'on le voit paraître ici au moins une fois tous les six ou huit mois. Comme il est fort paisible et ne se mêle point d'intrigues, Sa Majesté, qui ne veut priver sa sœur chérie d'aucun divertissement innocent, tolère sa présence dans la ville et même son entrée libre dans le palais. Il n'en abuse pas, et n'exerce sa prétendue science dans ce pays-ci qu'auprès de Son Altesse. M. de Golowkin le protége et répond de lui. Voilà tout ce que je puis vous en dire; mais en quoi cela peut-il vous intéresser si vivement, mademoiselle ?

— Cela ne m'intéresse nullement, monsieur, je vous assure; et pour que vous ne me croyiez pas folle, je dois vous dire que cet homme m'a semblé avoir, c'est sans doute une illusion, une ressemblance frappante avec une personne qui m'a été chère, et qui me l'est encore ; car la mort ne brise pas les liens de l'affection, n'est-il pas vrai, monsieur ?

— C'est un noble sentiment que vous exprimez là, mademoiselle, et bien digne d'une personne de votre mérite. Mais vous avez été très émue, et je vois que vous pouvez à peine vous soutenir. Permettez-moi de vous reconduire. »

En arrivant chez elle, la Porporina sé mit au lit, et y resta plusieurs jours, tourmentée par la fièvre et par une agitation nerveuse extraordinaire. Au bout de ce temps, elle reçut un billet de madame de Kleist qui l'engageait à venir faire de la musique chez elle, à huit heures du soir. Cette musique n'était qu'un prétexte pour la conduire furtivement au palais. Elles pénétrèrent, par des passages

dérobés, chez la princesse , quelles trouvèrent dans une charmante parure , quoique
son appartement fut à peine éclairé, et toutes les personnes attachées à son service
congédiés pour ce soir là, sous prétexte d'in-
disposition. Elle reçut la cantatrice avec
mille caresses ; et, passant familièrement son
bras sous le sien, elle la conduisit à une jolie petite pièce en rotonde, éclairée de cin-
quante bougies , et dans laquelle était servi
un souper friand avec un luxe de bon goût.
Le *rococo* français n'avait pas encore fait ir-
ruption à la cour de Prusse. On affichait d'ailleurs, à cette époque, un souverain mépris
pour la cour de France, et on s'en tenait à
imiter les traditions du siècle de Louis XIV,
pour lequel Frédéric, secrètement préoccupé
de singer le grand roi, professait une admiration sans bornes. Cependant, la princesse
Amélie était parée dans le dernier goût, et,

pour être plus chastement ornée que madame de Pompadour n'avait couttime de l'être,
elle n'en était pas moins brillante. Madame
de Kleist avait revêtu aussi les plus aimables
atours ; et pourtant il n'y avait que trois cou-
verts, et pas un seul domestique.

— Vous êtes ébahie de notre petite fête ,
dit la princesse en riant. Eh bien, vous le serez davantage quand vous saurez que nous
allons souper toutes les trois, en nous servant
nous-mêmes ; comme déjà nous avons tout
préparé nous mêmes, madame de Kleist et
moi. C'est nous deux qui avons mis le couvert et allumé les bougies, et jamais je ne me
suis tant amusée. Je me suis coiffée et ha-
billée toute seule pour la première fois de
ma vie, et je n'ai jamais été mieux arrangée,
du moins à ce qu'il me semble. Enfin , nous
allons nous divertir *incognito !* Le roi couche
à Potzdam, la reine est à Charlottembourg,

messœurs sont chez la reine mère, à Montbi-
jou ; mes frères, je ne sais où ; nous sommes
seules dans le château. Je suis censée malade
et je profite de cette nuit de liberté pour me
sentir vivre un peu, et pour fêter avec vous
deux (les seules personnes au monde auxquelles je puisse me fier) l'évasion de mon
cher Trenck. Aussi nous allons boire du
Champagne à sa santé, et si l'une de nous se
grise, les autres lui garderont le secret. Ah !
les beaux soupers philosophiques de Frédéric
vont être effacés par la splendeur et la gaîté
de celui-ci ! »

On se mit à table, et la princesse se montra sous un jour tout nouveau à la Porporina.
Elle était bonne, sympathique, naturelle, enjouée, belle comme un ange, adorable en
un mot ce jour-là, comme elle l'avait été aux
plus beaux jours de sa première jeunesse.
Elle semblait nager dans le bonheur, et c'é-

tait un bonheur pur, généreux, désintéressé.
Son amant fuyait loin d'elle, elle ignorait si
elle le reverrait jamais ; mais il était libre, il
avait cessé de souffrir, et cette amante radieuse bénissait la destinée. « Ah! [que je me
sens bien entre vous deux ! disait-elle à ses
confidentes qui formaient avec elles le plus
beau trio qu'une coquetterie raffinée ait jamais dérobé aux regards des hommes : je me
sens libre comme Tenck l'est à cette heure ;
je me sens bonne comme il l'a toujours été ,
lui, et comme je croyais ne plus l'être! Il me
semblait que la forteresse de Glatz pesait à
toute heure sur mon âme : la nuit elle était
sur ma poitrine comme un cauchemar. J'a-
vais froid dans mon lit d'édredon , en songeant que celui que j'aime grelottait sur les
dalles humides d'un sombre caveau. Je ne
vivais plus, je ne pouvais plus jouir de rien.
Ah ! chère Porporina, imaginez-vous l'hor-

reur qu'on éprouve à se dire : Il souffre tout
cela pour moi ! c'est mon fatal amour qui le
précipite tout vivant dans un tombeau ? Cette
pensée changeait tous les aliments en fiel,
comme le souffle des harpies. Verse-moi du
vin de Champagne, Porporina : je ne l'ai jamais aimé, il y a deux ans que je ne bois que
de l'eau. Eh bien, il me semble que je bois de
l'ambroisie. La clarté des bougies est riante,
ces fleurs sentent bon, ces friandises sont re-
cherchées, et surtout vous êtes belles comme
deux anges, de Kleist et toi. Oh! oui, je vois,
j'entends, je respire; je suis devenue vivante, de statue, de cadavre que j'étais.
Tenez, portez avec moi la santé de Trenck
d'abord, et puis celle de l'ami qui s'est enfui
avec lui ; ensuite, nous porterons celle des
braves gardiens qui l'ont laissé fuir, et puis
enfin celle de mon frère Frédéric, qui n'a
pas pu l'en empêcher. Non, aucune pensée

amère ne troublera ce jour de fête. Je n'ai plus
d'amertume contre personne ; il me semble
que j'aime le roi. Tiens ! à la santé du roi,
Porporina, vive le roi !

Ce qui ajoutait au bien-être que la joie de
cette pauvre princesse communiquait à ses
deux belles convives, c'était la bonhomie de
ses manières et l'égalité parfaite qu'elle faisait régner entre elles trois. Elle se levait,
changeait les assiettes quand son tour venait, découpait elle-même , et servait ses
compagnes avec un plaisir enfantin et at-
tendrissant. « Ah! si je n'étais pas née pour
la vie d'égalité, du moins l'amour me l'a fait
comprendre , disait-elle , et le malheur de
ma condition m'a révélé l'imbicillité de
ces préjugés du rang et de la naissance.
Mes sœurs ne sont pas comme moi. Ma sœur
d'Anspach porterait sa tête sur l'échafaud
plutôt que de faire la première révérence à

une Altesse non régnante. Ma sœur de Bareith, qui fait la philosophe et l'esprit fort
avec M. Voltaire, arracherait les yeux à une
duchesse qui se permettrait d'avoir un pouce
d'étoffe de plus qu'elle à la queue de sa robe.
C'est qu'elles n'ont jamais aimé, voyez-vous!
Elles passeront leur vie dans cette machine
pneumatique qu'elles appellent la dignité de
leur rang. Elles mourront embaumées dans
leur majesté comme des momies ; elles n'auront pas connu mes amères douleurs ', mais
aussi elles n'auront pas eu, dans toute leur
vie d'étiquette et de gala, un quart d'heure
de laisser-aller, de plaisir et de confiance
comme celui que je savoure dans ce moment ! Mes chères petites, il faut que vous
rendiez la fête complète, il faut que vous me
tutoyez ce soir. Je veux être Amélie pour vous;
plus d'Altesse; Amélie tout court. Ah ! tu fais
mine de refuser, toi, de Kleist ? La cour t'a

gâtée, mon enfant; malgré toi tu en as respiré
l'air malsain : mais toi, chère Porporina, qui,
bien que comédienne , sembles un enfant de
la nature, tu céderas à mon innocent désir.

— Oui , ma chère Amélie, je le ferai de
tout mon cœur pour t'obliger , répondit la
Porporina en riant.

— Ah ! ciel ! s'écria la princesse, si tu savais quel effet cela me fait d'être tutoyée, et
de m'entendre appéler *Amélie !* Amélie! oh !
comme il disait bien mon nom, *lui !* Il me
semblait que c'était le plus beau nom de la
terre, le plus doux qu'une femme ait jamais
porté, quand il le prononçait. »

Peu à peu la princesse poussa le ravisse-
ment de l'âme jusqu'à s'oublier elle-même
pour ne plus s'occuper que de ses amies; et
dans cet essai d'égalité, elle se sentit devenir si grande, si heureuse et si bonne, qu'elle
dépouilla instinctivement l'âpre personnalité

développée en elle par la passion et la souffrance. Elle cessa de parler d'elle exclusive-
ment, elle ne songea plus à se faire un petit mérite d'être si aimable et si simple ; elle
interrogea madame de Kleist sur sa famille,
sa position et ses sentiments, ce qu'elle n'a-
vait pas fait depuis qu'elle était absorbée par
ses propres chagrins. Elle voulut aussi connaître la vie d'artiste les émotions du théâtre, les idées et les affections de la Porporina.
Elle inspirait la confiance en même temps
qu'elle la ressentait, et elle goûta un plaisir
infini à lire dans l'âme d'autri, et à voir enfin,
dans ces êtres différents d'elle jusque là, des
êtres semblables dans leur essence, aussi mé-
ritants devant Dieu, aussi bien doués de la
nature, aussi importants sur la terre qu'elle
s'était longtemps persuadé devoir l'être de
préférence aux autres.

Ce fut la Porporina surtout dont les ré-

ponses ingénues et l'expansion sympathique
la frappèrent d'un respect mêlé de douce
surprise.

« Tu me parais un ange, lui dit-elle. Toi,
une fille de théâtre! Tu parles et tu penses
plus noblement qu'aucune tête couronnée
que je connaisse. Tiens, je me prends pour
toi d'une estime qui va jusqu'à l'engouement.
Il faut que tu m'accordes la tienne tout en-
tière, belle Porporina. Il faut que tu m'ou-
vres ton cœur, et que tu me racontes ta vie,
ta naissance, ton éducation, tes amours, tes
malheurs, tes fautes même, si tu en as com-
mis. Ce ne peuvent être que de nobles fautes,
comme celle que je porte, non sur la conscience, comme on dit, mais dans le sanctuaire de
mon cœur. Il est onze heures, nous avons toute
la nuit devant nous; notre petite *orgie* tire à sa
fin, car nous ne faisons plus que bavarder, et je
vois que la seconde bouteille de champagne

aura tort. Veux-tu me raconter ton histoire,
telle que je te la demande? Il me semble que
la connaissance de ton cœur, et le tableau
d'une vie où tout me sera nouveau et inconnu va m'instruire des véritables devoirs de
ce monde, plus que toutes mes réflexions ne
l'ont jamais pu faire. Je me sens capable de
t'écouter et de te suivre comme je n'ai jamais
pu écouter rien de ce qui était étranger à
ma passion. Veux-tu me satisfaire?

— Je le ferais de grand cœur, madame...
répondit la Porporina.

— Quelle dame? où prends-tu ici cette
madame? interrompit gaîment la princesse.

— Je dis, ma chère Amélie, reprit
la Porporina, que je le ferais avec plaisir, si,
dans ma vie, il ne se trouvait un secret important, presque formidable, auquel tout se
rattache, et qu'aucun besoin d'épanchement,

aucun entraînement de cœur ne me permettent de révéler.

—Eh bien, ma chère enfant, je le sais, ton secret ! et si je ne t'en ai pas parlé dès le commencement de notre souper, c'est par un sentiment de discrétion au-dessus duquel je sens maintenant que mon amitié pour toi peut se placer sans scrupule.

—Vous savez mon secret ! s'écria la Porporina pétrifiée de surprise. Oh ! madame, pardonnez ! cela me paraît impossible.

— *Un gage !* Tu me traites toujours en Altesse.

—Pardonne-moi, Amélie.... mais tu ne peux pas savoir mon secret, à moins d'être réellement d'accord avec Cagliostro, comme on le prétend.

— J'ai entendu parler de ton aventure avec Cagliostro dans le temps, et je mourais d'envie d'en connaître les détails; mais ce n'est pas la curiosité qui me pousse ce soir, c'est l'amitié, comme je te l'ai dit sincèrement. Ainsi, pour t'encourager, je te dirai que, depuis ce matin, je sais fort bien que la signora Consuelo Porporina pourrait légitimement prendre, si elle le voulait, le titre de comtesse de Rudolstadt.

— Au nom du ciel, madame.... Amélie.... qui a pu vous instruire...

— Ma chère Rudolstadt, tu ne sais donc pas que ma sœur, la margrave de Bareith, est ici ?

— Je le sais.

— Et avec elle son médecin Supperville ?

— J'entends. M. Supperville a manqué à sa parole, à son serment. Il a parlé !

— Rassure-toi. Il n'a parlé qu'à moi, et sous le sceau du secret. Je ne vois pas d'ailleurs, pourquoi tu crains tant de voir ébruiter une affaire qui est si honorable pour ton

caractère et qui ne peut plus nuire à personne. La famille de Rudolstadt est éteinte,
à l'exception d'une vieille chanoinesse qui ne
peut tarder à rejoindre ses frères dans le
tombeau. Nous avons, il est vrai, en Saxe,
des princes de Rudolstadt qui se trouvent
tes proches parents, tes cousins issus de germain, et qui sont fort vains de leur nom;
mais si mon frère veut te soutenir, tu por-
teras ce nom sans qu'ils osent réclamer... à
moins que tu ne persistes à préférer ton nom
de Porporina, qui est tout aussi glorieux et
beaucoup plus doux à l'oreille.

— Telle est mon intention, en effet, répondit la cantatrice, quelque chose qui arrive;
mais je voudrais bien savoir à quel propos
M. Supperville vous a raconté tout cela....
Quand je le saurai, et que ma conscience sera
dégagée de son serment, je vous promets...

de te raconter les détails de ce triste et étrange mariage.

— Voici le fait, dit la princesse. Une de mes femmes étant malade, j'ai fait prier Supperville, qui se trouvait, m'a-t-on dit, dans le château auprès de ma sœur, de passer chez moi pour la voir. Supperville est un homme d'esprit que j'ai connu lorsqu'il résidait ici, et qui n'a jamais aimé mon frère. Cela m'a mise à l'aise pour causer avec lui. Le hasard a amené la conversation sur la musique, sur l'opéra, et sur toi par conséquent; je lui ai parlé de toi avec tant d'éloges, que, soit pour me faire plaisir, soit par conviction, il a renchéri sur moi, et t'a portée aux nues. Je prenais goût à l'entendre, et je remarquais une certaine affectation qu'il mettait à me faire pressentir en toi une existence romanesque digne d'intérêt, et une grandeur d'âme supérieure à toutes mes bonnes pré-

somptions. Je l'ai pressé beaucoup, je te le
confesse, et il s'est laissé prier beaucoup
aussi, je dois le dire pour le justifier. Enfin,
après m'avoir demandé ma parole de ne pas
le trahir, il m'a raconté ton mariage au lit
de mort du comte de Rudolstadt, et la renon-
ciation généreuse que tu avais faite de tous
tes droits et avantages. Tu vois, mon enfant,
que tu peux, sans scrupule, me dire le reste,
si rien ne t'engage à me le cacher.

— Cela étant, dit la Porporina après un
moment de silence et d'émotion, quoique ce
récit doive réveiller en moi des souvenirs
bien pénibles, surtout depuis mon séjour à
Berlin, je répondrai par ma confiance à l'intérêt de Votre Altesse... je veux dire de ma
bonne Amélie.

7 (1).

« Je suis née dans je ne sais quel coin de l'Espagne, je ne sais pas précisément en

(1) Les aventures de *Consuelo*, qui forment déjà sept volumes, doivent être déjà sorties de la mémoire des lecteurs. L'auteur a cru devoir les résumer ici le plus brièvement possible. Les personnes qui ont la mémoire assez heureuse pour y loger tout un long roman trouveront cette répétition fatiguante : on les engage à sauter ce chapitre, pour ne pas abuser de leur patience.

quelle année ; mais je dois avoir vingt-trois
ou vingt-quatre ans. J'ignore le nom de mon
père ; et quant à celui de ma mère , je crois
bien qu'elle était, à l'égard de ses parents,
dans la même incertitude que moi. On l'appelait à Venise, la *Zingara*, et moi la *Zingarella*. Ma mère m'avait donné pour patronne
Maria del Consuelo, comme qui dirait, en
français, Notre-Dame de Consolation. Mes
premières années furent errantes et miséra-
bles. Nous courions le monde à pied , ma
mère et moi, vivant de nos chansons. J'ai un
vague souvenir que , dans la forêt de Bohême , nous reçûmes l'hospitalité dans un château, où un bel adolescent, fils du seigneur,
et nommé Albert, me combla de soins et d'a-
mitiés, et donna une guitare à ma mère. Ce
château, c'était le château des géants , dont
je devais refuser, un jour, d'être la châte-
laine : Ce jeune seigneur, c'était le comte Al-

bert de Rudolstadt, dont je devais devenir l'épouse.

« A dix ans, je commençais à chanter dans les rues. Un jour que je disais ma petite chanson sur la place Saint-Marc, à Venise, devant un café, maître Porpora, qui se trouvait là, frappé de la justesse de ma voix et de la méthode naturelle que ma mère m'avait transmise, m'appela, me questionua, me suivit jusqu'à mon galetas, donna quelques secours à ma mère, et lui promit de me faire entrer à la *scuola dei mendicanti*, une de ces écoles gratuites de musique qui abondent en Italie, et d'où sortent tous les artistes éminents de l'un et l'autre sexe ; car ce sont les meilleurs maîtres qui en ont la direction. J'y fis de rapides progrès ; et maître Porpora prit pour moi une amitié qui m'exposa bientôt à la jalousie et aux mauvais tours de mes camarades. Leurs dépits injus-

tes et le mépris qu'elles affichaient pour mes
haillons me donnèrent de bonne heure l'habitude de la patience, de la réserve et de la
résignation.

» Je ne me souviens pas du premier jour
où je le vis ; mais il est certain qu'à l'âge de
sept ou huit ans, j'aimais déjà un jeune
homme ou plutôt un enfant, orphelin, aban-
donné, étudiant comme moi la musique par
protection et par charité, vivant, comme
moi, sur le pavé. Notre amitié, ou notre
amour, car c'était la même chose, était un
sentiment chaste et délicieux. Nous passions
ensemble, dans un vagabondage innocent,
les heures qui n'étaient pas consacrées à l'é-
tude. Ma mère, après l'avoir inutilement
combattue, sanctionna notre inclination par
la promesse qu'elle nous fit contracter, à son
lit de mort, de nous marier ensemble, aussitôt

que notre travail nous aurait mis à même d'élever une famille.

» A l'âge de dix-huit ou dix-neuf ans, j'étais assez avancée dans le chant. Le comte Zustiniani, noble vénitien, propriétaire du théâtre San Samuel, m'entendit chanter à l'église, et m'engagea comme première cantatrice, pour remplacer la Corilla, belle et robuste virtuose, dont il avait été l'amant, et qui lui était infidèle. Ce Zustiniani était précisément le protecteur de mon fiancé Anzoleto. Anzoleto fut engagé avec moi pour chanter les premiers rôles d'homme. Nos débuts s'annoncèrent sous les plus brillants auspices. Il avait une voix magnifique, une facilité naturelle extraordinaire, un extérieur séduisant : toutes les belles dames le protégeaient. Mais il était paresseux; il n'avait pas eu un professeur aussi habile et aussi zélé que le mien. Son succès fut moins brillant. Il en eut du chagrin d'abord, et puis du dépit, enfin de la jalousie ; et je perdis ainsi son amour.

— Est-il possible? dit la princesse Amélie; pour une semblable cause ? Il était donc bien vil ?

— Hélas ! non, madame ; mais il était vain et artiste. Il se fit protéger par la Corilla, la cantatrice disgraciée et furieuse, qui m'enleva son cœur, et l'amena rapidement à offenser et à déchirer le mien. Un soir, maître Porpora, qui avait toujours combattu nos sentiments, parce qu'il prétend qu'une femme, pour être grande artiste, doit rester étrangère à toute passion et à tout engagement de cœur, me fit découvrir la trahison d'Anzoleto. Le lendemain soir, le comte Zustiniani me fit une déclaration d'amour, à laquelle j'étais loin de m'attendre, et qui m'offensa profondément. Anzoleto feignit d'être

jaloux, de me croire corrompue..... Il voulait briser avec moi. Je m'enfuis de mon lo-
gement, dans la nuit ; j'allai trouver mon
maître, qui est un homme de prompte inspiration, et qui m'avait habituée à être
prompte dans l'exécution. Il me donna des
lettres, une petite somme, un itinéraire de
voyage ; il me mit dans une gondole, m'ac-
compagna jusqu'à la terre ferme, et je
partis seule, au point du jour, pour la Bohême.

— Pour la Bohême ? dit madame de Kleist,
à qui le courage et la vertu de la Porporina
faisaient ouvrir de grands yeux.

— Oui, madame, reprit la jeune fille. Dans
notre langage d'artistes aventuriers, nous di-
sons souvent *courir la Bohême*, pour signifier
qu'on s'embarque dans les hasards d'une vie
pauvre, laborieuse et souvent coupable, dans
la vie des Zingari, qu'on appelle aussi bohé-

miens, en français. Quant à moi, je partais, non pour cette Bohême symbolique à laquelle mon sort semblait me destiner comme tant d'autres, mais pour le malheureux et chevaleresque pays des Tchèques, pour la patrie de Huss et de Ziska, pour le Boehmer - Wald, enfin pour le château des Géants, où je fus généreusement accueillie par la famille des du Rolstadt.

— Et pourquoi allais-tu dans cette famille? demanda la princesse, qui écoutait avec beaucoup d'attention : se souvenait-on de t'y avoir vue enfant?

— Nullement. Je ne m'en souvenais pas moi-même, et ce n'est que longtemps après, et par hasard, que le comte Albert retrouva et m'aida à retrouver le souvenir de cette petite aventure ; mais mon maître le Porpora avait été fort lié en Allemagne avec le respectable Christian de Rudolstadt, chef de la famille. La jeune baronne Amélie, nièce de ce dernier, demandait une gouvernante, c'est à dire une demoiselle de compagnie qui fît semblant de lui enseigner la musique, et qui la désennuyât de la vie austère et triste qu'on menait à Riesenburg (1). Ses nobles et bons parents m'accueillirent comme une amie, presque comme une parente. Je n'enseignai rien, malgré mon bon vouloir, à ma jolie et capricieuse élève, et....

— Et le comte Albert devint amoureux de toi, comme cela devait arriver?

— Hélas! madame, je ne saurais parler légèrement d'une chose si grave et si douloureuse. Le comte Albert, qui passait pour fou, et qui unissait à une âme sublime, à un génie enthousiaste, des bizarreries étranges, une maladie de l'imagination tout à fait inexplicable....

(1) Château des Géants, en allemand.

— Supperville m'a raconté tout cela, sans y croire et sans me le faire comprendre. On attribuait à ce jeune homme des facultés supernaturelles, le don des prophéties, la seconde vue, le pouvoir de se rendre invisible... Sa famille racontait là-dessus des choses inouïes... Mais tout cela est impossible, et j'espère que tu n'y ajoutes pas foi?

— Epargnez-moi, madame, la souffrance et l'embarras de me prononcer sur des faits qui dépassent la portée de mon intelligence. J'ai vu des choses inconcevables, et, en de certains moments, le comte Albert m'a semblé un être supérieur à la nature humaine. En d'autres moments, je n'ai vu en lui qu'un être malheureux, privé, par l'excès même de sa vertu, du flambeau de la raison; mais en aucun temps je ne l'ai vu semblable aux vulgaires humains. Dans le délire comme dans le calme, dans l'enthousiasme comme dans l'abattement , il était toujours le meilleur, le plus juste , le plus sagement éclairé ou le plus poétiquement exalté des hommes. En un mot, je ne saurais penser à lui ni prononcer son nom sans un frémissement de respect , sans un attendrissement profond , et sans une sorte d'épouvante ; car je suis la cause involontaire, mais non tout à fait innocente, de sa mort.

— Voyons , chère comtesse , essuie tes beaux yeux, prends courage, et continue. Je t'écoute sans ironie et sans légèreté profane, je te le jure.

— Il m'aima d'abord sans que je pusse m'en douter. Il ne m'adressait jamais la parole, il ne semblait même pas me voir. Je crois qu'il s'aperçut pour la première fois de ma présence dans le château, lorsqu'il m'entendit chanter. Il faut vous dire qu'il était très grand musicien, et qu'il jouait du violon comme

personne au monde ne se doute qu'on puisse
en jouer. Mais je crois bien être la seule qui
l'ait jamais entendu à Riesenburg ; car sa famille n'a jamais su qu'il possédait cet incom-
parable talent. Son amour naquit donc d'un
élan d'enthousiasme et de sympathie musicale. Sa cousine, la baronne Amélie, qui était
fiancée avec lui depuis deux ans, et qu'il n'aimait pas, prit du dépit contre moi, quoiqu'elle
ne l'aimât pas non plus. Elle me le témoigna
avec plus de franchise que de méchanceté ;
car, au milieu de ses travers, elle avait une
certaine grandeur d'âme ; elle se lassa des
froideurs d'Albert, de la tristesse du château,
et, un beau matin, nous quitta, enlevant,
pour ainsi dire, son père le baron Frédéric,
frère du comte Christian, homme excellent
et borné, indolent d'esprit et simple de cœur,
esclave de sa fille et passionné pour la
chasse.

— Tu ne me dis rien de l'*invisibilité* du comte Albert, de ces disparitions de quinze et vingt jours, au bout desquelles il reparaissait tout d'un coup, croyant ou feignant de croire qu'il n'avait pas quitté la maison, et ne pouvant ou ne voulant pas dire ce qu'il était devenu pendant qu'on le cherchait de tous côtés.

— Puisque M. Supperville vous a raconté ce fait merveilleux en apparence, je vais vous en donner l'explication ; moi seule puis le faire, car ce point est toujours resté un secret entre Albert et moi. Il y a près du château des Géants une montagne appelée Schreckenstein (1), qui recèle une grotte et plusieurs chambres mystérieuses, antique construction souterraine qui date du temps des Hussites. Albert, tout en parcourant une

1) La *Pierre d'épouvante*.

série d'opinions philosophiques très hardies, et d'enthousiasmes religieux portés jusqu'au mysticisme, était resté hussite, ou, pour mieux dire, taborite dans le cœur. Descendant par sa mère du roi Georges Podiebrad, il avait conservé et développé en lui-même les sentiments d'indépendance patriotique et d'égalité évangélique que la prédication de Jean Huss et les victoires de Jean Ziska ont, pour ainsi dire, inoculés aux Bohémiens.....

— Comme elle parle d'histoire et de philophie! s'écria la princesse en regardant madame de Kleist : qui m'eût jamais voulu dire qu'une fille de théâtre comprendrait ces choses-là comme moi qui ai passé ma vie à les étudier dans les livres? Quand je te le disais, de Kleist, qu'il y avait parmi ces êtres que l'opinion des cours relègue aux derniers rangs de la société, des intelligences égales, sinon supérieures, à celles qu'on forme aux premiers avec tant de soin et de dépense !

— Hélas! madame, reprit la Porporina, je suis fort ignorante, et je n'avais jamais rien lu avant mon séjour à Riesenburg. Mais là j'ai tant entendu parler de ces choses, et j'ai été forcée de tant réfléchir pour comprendre ce qui se passait dans l'esprit d'Albert, que j'ai fini par m'en faire une idée.

— Oui, mais tu es devenue mystique et un peu folle toi-même, mon enfant! Admire les campagnes de Jean Ziska et le génie républicain de la Bohême, j'y consens, j'ai des idées tout aussi républicaines que toi là-dessus peut-être; car, moi aussi, l'amour m'a révélé une vérité contraire à celle que mes pédants m'avaient enseignée sur les droits des peuples et le mérite des individus : mais je ne partage pas ton admiration pour le fanatisme taborite et pour leur délire d'égalité chrétienne. Ceci est absurde, irréalisable, et entraîne à des excès féroces. Qu'on renverse les trônes, j'y consens, et.... j'y travaillerais au besoin ! Qu'on fasse des républiques à la manière de Sparte, d'Athènes, de Rome, ou de l'antique Venise : voilà ce que je puis admettre. Mais tes sanguinaires et crasseux Taborites ne me vont pas plus que les Vaudois de flamboyante mémoire, les odieux Anabaptistes de Munster et les Picards de la vieille Allemagne.

— J'ai ouï dire au comte Albert que tout cela n'était pas précisément la même chose, reprit modestement Consuelo ; mais je n'oserais discuter avec Votre Altesse sur des matières qu'elle a étudiées. Vous avez ici des historiens et des savants qui se sont occupés de ces graves matières, et vous pouvez juger, mieux que moi, de leur sagesse et de leur justice. Cependant, quand même j'aurais le bonheur d'avoir toute une académie pour

m'instruire, je crois que mes sympathies ne
ne changeraient pas. Mais je reprends mon
récit.

— Oui, je t'ai interrompue par des réflexions pédantes, et je t'en demande pardon. Poursuis. Le comte Albert, engoué des
exploits de ses pères (cela est bien concevable-
ble et bien pardonnable), amoureux de toi,
d'ailleurs, ce qui est plus naturel et plus lé-
gitime encore, n'admettait pas que tu ne
fusses pas son égale devant Dieu et devant
les hommes? Il avait bien raison, mais ce
n'était pas un motif pour déserter la maison
paternelle, et pour laisser tout son monde
dans la désolation.

— C'est là que j'en voulais venir, reprit
Consuelo; il allait rêver et méditer depuis
longtemps dans la grotte des Hussites au
Schreckenstein, et il s'y plaisait d'autant
plus, que lui seul, et un pauvre paysan fou

qui le suivait dans ses promenades, avaient
connaissance de ces demeures souterraines.
Il prit l'habitude de s'y retirer chaque fois
qu'un chagrin domestique ou une émotion
violente lui faisaient perdre l'empire de sa
volonté. Il sentait venir ses accès, et, pour
dérober son délire à des parents consternés,
il gagnait le Schreckenstein par un conduit
souterrain qu'il avait découvert, et dont
l'entrée était une citerne située auprès de
son appartement, dans un parterre de fleurs.
Une fois arrivé à sa caverne, il oubliait les
heures, les jours et les semaines. Soigné par
Zdenko, ce paysan poète et visonnaire, dont
l'exaltation avait quelques rapports avec la
sienne, il ne songeait plus à revoir la lumière
et à retrouver ses parents que lorsque l'accès
commençait à passer ; et malheureusement
ces accès devenaient chaque fois plus inten-
ses et plus longs à dissiper. Une fois enfin, il

resta si longtemps absent , qu'on le crut
mort, et que j'entrepris de découvrir le lieu
de sa retraite. J'y parvins avec beaucoup de
peine et de dangers. Je descendis dans cette
citerne, qui se trouvait dans ses jardins, et
par laquelle j'avais vu , une nuit , sortir
Zdenko à la dérobée. Ne sachant pas me diriger dans ces abîmes, je faillis y perdre la
vie. Enfin je trouvai Albert ; je réussis à dissiper la torpeur douloureuse où il était plongé ; je le ramenai à ses parents, et je lui fis
jurer qu'il ne retournerait jamais sans moi
dans la fatale caverne. Il céda ; mais il me
prédit que c'était le condamner à mort ; et
sa prédiction ne s'est que trop réalisée ! ·

— Comment cela? C'était le rendre à la
vie, au contraire.

— Non, madame, à moins que je ne par-
vinsse à l'aimer, et à n'être jamais pour lui
une cause de douleur.

—Quoi, tu ne l'aimais pas? tu descendais dans un puits, tu risquais ta vie dans ce voyage souterrain...

— Où Zdenko l'insensé, ne comprenant pas mon dessein, et jaloux, comme un chien fidèle et stupide, de la sécurité de son maître, faillit m'assassiner. Un torrent faillit m'engloutir. Albert, ne me reconnaissant pas d'abord, faillit me faire partager sa folie, car la frayeur et l'émotion rendent les hallucinations contagieuses... Enfin, il fut repris d'un accès de délire en me ramenant dans le souterrain, et manqua m'y abandonner en me fermant l'issue... Et je m'exposai à tout cela sans aimer Albert.

— Alors tu avais fait un vœu à Maria del Consuelo, pour opérer sa délivrance?

— Quelque chose comme cela, en effet, répondit la Porporina avec un triste sourire : un mouvement de tendre pitié pour sa fa-

mille, de sympathie profonde pour lui, peut-
être un attrait romanesque, de l'amitié sincère à coup sûr, mais pas l'apparence d'a-
mour, du moins rien de semblable à cet
amour aveugle, enivrant et suave que j'avais
éprouvé pour l'ingrat Anzoleto, et dans lequel je crois bien que mon cœur s'était usé
prématurément!... Que vous dirai-je, madame? à la suite de cette terrible expédi-
tion, j'eus un transport au cerveau, et je fus
à deux doigts de la mort. Albert, qui est
aussi grand médecin que grand musicien, me
sauva. Ma lente convalescence et ses soins
assidus nous mirent sur un pied d'intimité
fraternelle. Sa raison revint entièrement.
Son père me bénit et me traita comme une
fille chérie. Une vieille tante bossue, la chanoinesse Wenceslawa, ange de tendresse et
patricienne remplie de préjugés, se fût résignée elle-même à m'accepter. Albert im-

plorait mon amour. Le comte Christian en
vint jusqu'à se faire l'avocat de son fils.
J'étais émue, j'étais effrayée; j'aimais Albert comme on aime la vertu, la vérité,
le beau idéal; mais j'avais encore peur
de lui; je répugnais à devenir comtesse,
à faire un mariage qui soulèverait contre
lui et contre sa famille la noblesse du
pays, et qui me ferait accuser de vues sordi-
des et de basses intrigues. Et puis, faut-il
l'avouer? ces't là mon seul crime peut-être!..
je regrettais ma profession, ma liberté, mon
vieux maître, ma vie d'artiste, et cette arène
émouvante du théâtre, où j'avais paru un
instant pour briller et disparaître comme un
météore; ces planches brûlantes où mon
amour s'était brisé, mon malheur consommé, que je croyais pouvoir maudire et mépriser toujours, et où cependant je rêvais
toutes les nuits que j'étais applaudie ou sif-

flée... Cela doit vous sembler étrange et misérable ; mais quand on a été élevée pour le théâtre, quand on travaillé toute sa vie pour livrer ces combats et remporter ces victoires, quand on y a gagné les premières batailles, l'idée de n'y jamais retourner est aussi effrayante que vous le serait, madame et chère Amélie, celle de n'être plus princesse que sur des tréteaux, comme je le suis maintenant deux fois par semaine...

— Tu te trompes, tu déraisonnes, amie ! Si je pouvais devenir de princesse, artiste, j'épouserais Trenck, et je serais heureuse. Tu ne voulais pas devenir d'artiste, princesse pour épouser Rudolstadt. Je vois bien que tu ne l'aimais pas ! mais ce n'est pas ta faute... on n'aime pas qui l'on veut !

— Madame, voilà un aphorisme dont je voudrais bien pouvoir me convaincre ; ma conscience serait en repos. Mais c'est à résoudre ce problème que j'ai employé ma vie, et je n'en suis pas encore venue à bout.

— Voyons, dit la princesse ; ceci est un fait grave, et, comme abbesse, je dois essayer de prononcer sur les cas de conscience. Tu doutes que nous soyons libres d'aimer ou de ne pas aimer? Tu crois donc que l'amour peut faire son choix et consulter la raison?

— Il devrait le pouvoir. Un noble cœur devrait soumettre son inclination, je ne dis pas à cette raison du monde qui n'est que folie et mensonge, mais à ce discernement noble, qui n'est que le goût du beau, l'amour de la vérité. Vous êtes la preuve de ce que j'avance, madame, et votre exemple me condamne. Née pour occuper un trône, vous avez immolé la fausse grandeur à la passion vraie, à la possession d'un cœur digne du

vôtre. Moi, née pour être reine aussi (sur les
planches), je n'ai pas eu le courage et la
générosité de sacrifier joyeusement le clin-
quant de cette gloire menteuse à la vie calme
et à l'affection sublime qui s'offrait à moi.
J'étais prête à le faire par dévouement, mais
je ne le faisais pas sans douleur et sans effroi; et Albert, qui voyait mon anxiété, ne
voulait pas accepter ma foi comme un sacrifice. Il me demandait de l'enthousiame, des
joies partagées, un cœur libre de tout regret. Je ne devais pas le tromper; d'ailleurs
peut-on tromper sur de telles choses? Je demandai donc du temps, et on m'en accorda.
Je promis de faire mon possible pour arriver
à cet amour semblable au sien. J'étais de
bonne foi ; mais je sentais avec terreur que
j'eusse voulu ne pas être forcée par ma
conscience à prendre cet engagement formidable.

— Étrange fille ! Tu aimais encore l'*autre*, je le parierais ?

— O mon Dieu ! je croyais bien ne plus l'aimer : mais un matin que j'attendais Albert sur la montagne, pour me promener avec lui, j'entends une voix dans le ravin ; je reconnais un chant que j'ai étudié autrefois avec Anzoleto, je reconnais surtout cette voix pénétrante que j'ai tant aimée, et cet accent de Venise si doux à mon souvenir ; je me penche, je vois passer un cavalier ; c'était lui, madame, c'était Anzoleto !

— Eh ! pour Dieu ! qu'allait-il faire en Bohême ?

— J'ai su depuis qu'il avait rompu son engagement, qu'il fuyait Venise et le ressentiment du comte Zustiniani. Après s'être lassé bien vite de l'amour querelleur et despotique de la Corilla, avec laquelle il était remonté avec succès sur le théâtre de San

Samuel, il avait obtenu les faveurs d'une certaine Clorinda, seconde cantatrice, mon ancienne camarade d'école, dont Zustiniani avait fait sa maîtresse. En homme du monde, c'est-à-dire en libertin frivole, le comte s'était vengé en reprenant Corilla sans congédier l'autre. Au milieu de cette double intrigue, Anzoleto, persiflé par son rival, prit du dépit, passa à la colère, et, par une belle nuit d'été, donna un grand coup de pied à la gondole où Zustiniani prenait le frais avec la Corilla. Ils en furent quittes pour chavirer et prendre un bain tiède. Les eaux de Venise ne sont pas profondes partout. Mais Anzoleto, pensant bien que cette plaisanterie le conduirait aux Plombs, prit la fuite, et, en se dirigeant sur Prague, passa devant le château des Géants.

Il passa outre, et je rejoignis Albert pour faire avec lui un pèlerinage à la grotte du

Schreckenstein qu'il désirait revoir avec moi.
J'étais sombre et bouleversée. J'eus, dans
cette grotte, les émotions les plus pénibles.
Ce lieu lugubre, les ossements hussites dont
Albert avait fait un autel au bord de la source mystérieuse, le son admirable et déchi-
rant de son violon, je ne sais quelles terreurs, les ténèbres, les idées superstitieuses
qui lui revenaient dans ce lieu, et dont je ne
me sentais plus la force de le préserver...

— Dis tout! il se croyait Jean Ziska. Il
prétendait avoir l'existence éternelle, la
mémoire des siècles passés; enfin il avait la
folie du comte de Saint-Germain?

— Eh bien, oui, madame, puisque vous
le savez, et sa conviction à cet égard a fait
sur moi une si vive impression, qu'au lieu
de l'en guérir, j'en suis venue presque à la
partager.

— Serais-tu donc un esprit faible, malgré
ton cœur courageux?

— Je ne puis avoir la prétention d'être
un esprit fort. Où aurais-je pris cette force?
La seule éducation sérieuse que j'aie reçue,
c'est Albert qui me l'a donnée. Comment
n'aurais-je pas subi son ascendant et partagé
ses illusions? il y avait tant et de si hautes
vérités dans son âme, que je ne pouvais dis-
cerner l'erreur de la certitude. Je sentis dans
cette grotte que ma raison s'égarait. Ce qui
m'épouvanta le plus, c'est que je n'y trouvai
pas Zdenko comme je m'y attendais. Il y
avait plusieurs mois que Zdenko ne paraissait plus. Comme il avait persisté dans sa
fureur contre moi, Albert l'avait éloigné,
chassé de sa présence, après quelque discussion violente, sans doute, car il paraissait en avoir des remords. Peut-être croyait-
il qu'en le quittant, Zdenko s'était suicidé;

du moins il parlait de lui dans les termes énigmatiques, et avec des réticences mystérieuses qui me faisaient frémir. Je m'imaginais (que Dieu me pardonne cette pensée!) que, dans un accès d'égarement, Albert, ne pouvant faire renoncer ce malheureux au projet de m'ôter la vie, la lui avait ôtée à lui-même.

— Et pourquoi ce Zdenko te haïssait-il de la sorte?

— C'était une suite de sa démence. Il prétendait avoir rêvé que je tuais son maître et que je dansais ensuite sur sa tombe. O madame! cette sinistre prédiction s'est accomplie. Mon amour a tué Albert, et huit jours après je débutais ici dans un opéra bouffe des plus gais; j'y étais forcée, il est vrai, et j'avais la mort dans l'âme; mais le sombre destin d'Albert s'était accompli, conformément aux terribles pronostics de Zdenko.

— Ma foi, ton histoire est si diabolique, que je commence à ne plus savoir où j'en suis, et à perdre l'esprit en t'écoutant. Mais continue. Tout cela va s'expliquer sans doute?

— Non, madame; ce monde fantastique qu'Albert et Zdenko portaient dans leurs âmes mystérieuses ne m'a jamais été expliqué, et il faudra, comme moi, vous contenter d'en comprendre les résultats.

— Allons! M. de Rudolstadt n'avait pas tué son pauvre bouffon, au moins ?

— Zdenko n'était pas pour lui un bouffon, mais un compagnon de malheur, un ami, un serviteur dévoué. Il le pleurait; mais, grâce au ciel, il n'avait jamais eu la pensée de l'immoler à son amour pour moi. Cependant, moi, folle et coupable, je me persuadai que ce meurtre avait été consommé. Une tombe fraîchement remuée qui était dans la grotte, et qu'Albert m'avoua renfermer ce qu'il avait

eu de plus cher au monde avant de me connaître, en même temps qu'il s'accusait de je
ne sais quel crime, me fit venir une sueur
froide. Je me crus certaine que Zdenko était
enseveli en ce lieu, et je m'enfuis de la grotte
en criant comme une folle et en pleurant
comme un enfant.

— Il y avait bien de quoi, dit madame de
Kleist, et j'y serais morte de peur. Un amant
comme votre Albert ne m'eût pas convenu le
moins du monde. Le digne M. de Kleist
croyait au diable, et lui faisait des sacrifices.
C'est lui qui m'a rendue poltronne comme je
le suis ; si je n'avais pris le parti de divorcer,
je crois qu'il m'aurait rendue folle.

— Tu en as de beaux restes, dit la princesse Amélie. Je crois que tu as divorcé un
peu trop tard. Mais n'interromps pas notre
comtesse de Rudolstadt.

— En rentrant au château avec Albert,

qui me suivait sans songer à se justifier de
mes soupçons, j'y trouvai, devinez qui, madame ?

— Anzoleto !

— Il s'était présenté comme mon frère, il
m'attendait. Je ne sais comment il avait appris en continuant sa route, que je demeurais
là, et que j'allais épouser Albert ; car on le
disait dans le pays avant qu'il y eût rien de
conclu à cet égard. Soit dépit, soit un reste
d'amour, soit amour du mal, il était revenu
sur ses pas, avec l'intention soudaine de faire
manquer ce mariage , et de m'enlever au
comte. Il mit tout en œuvre pour y parvenir,
prières, larmes, séductions, menaces. J'étais
inébranlable en apparence : mais au fond de
mon lâche cœur, j'étais troublée, et je ne me
sentais plus maîtresse de moi-même. A la
faveur du mensonge qui lui avait servi à
s'introduire, et que je n'osai pas démentir,

quoique je n'eusse jamais parlé à Albert de ce frère que je n'ai jamais eu, il resta toute la journée au château. Le soir, le vieux comte nous fit chanter des airs vénitiens. Ces chants de ma patrie adoptive réveillèrent tous les souvenirs de mon enfance, de mon pur amour, de mes beaux rêves, de mon bonheur passé. Je sentis que j'aimais encore... et que ce n'était pas celui que je devais, que je voulais, que j'avais promis d'aimer. Anzoleto me conjura tout bas de le recevoir la nuit dans ma chambre, et me menaça d'y venir malgré moi à ses risques et périls, et aux miens surtout. Je n'avais jamais été que sa sœur; aussi colorait-il son projet des plus belles intentions. Il se soumettait à mon arrêt, il partait à la pointe du jour; mais il voulait me dire adieu. Je pensai qu'il voulait faire du bruit dans le château, un esclandre; qu'il y aurait quelque scène terrible avec Al-

bert, que je serais souillée par ce scandale.
Je pris une résolution désespérée, et je l'exé-
cutai. Je fis à minuit un petit paquet des
hardes les plus nécessaires, j'écrivis un billet
pour Albert, je pris le peu d'argent que je
possédais (et, par parenthèse, j'en oubliai la
moitié) ; je sortis de ma chambre, je sautai
sur le cheval de louage qui avait amené Anzoleto, je payai son guide pour aider ma
fuite, je franchis le pont-levis, et je gagnai la
ville voisine. C'était la première fois de ma
vie que je montais à cheval. Je fis quatre
lieues au galop ; puis je renvoyai le guide, et,
feignant d'aller attendre Anzoleto sur la route
de Prague, je donnai à cet homme de fausses
indications sur le lieu où mon prétendu frère
devait me retrouver. Je pris la direction de
Vienne, et à la pointe du jour je me trouvai
seule, à pied, sans ressources, dans un pays
inconnu, et marchant le plus vite possible

pour échapper à ces deux amours qui me pa-
raissaient également funestes. Cependant je
dois dire qu'au bout de quelques heures, le
fantôme du perfide Anzoleto s'effaça de mon
âme pour n'y jamais rentrer, tandis que
l'image pure de mon noble Albert me suivit,
comme une égide et une promesse d'avenir,
à travers les dangers et les fatigues de mon
voyage.

— Et pourquoi allais-tu à Vienne plutôt
qu'à Venise ?

— Mon maître Porpora venait d'y arriver,
amené par notre ambassadeur qui voulait lui
faire réparer sa fortune épuisée, et retrouver
son ancienne gloire pâlie et découragée devant les succès de novateurs plus heureux.
Je fis heureusement la rencontre d'un excellent enfant, déjà musicien plein d'avenir,
qui, en passant par le Bœhmer-Wald, avait
entendu parler de moi, et s'était imaginé de

venir me trouver pour me demander ma protection auprès du Porpora. Nous revînmes
ensemble à Vienne, à pied, souvent bien fa-
tigués, toujours gais, toujours amis et frères.
Je m'attachai d'autant plus à lui qu'il ne songea pas à me faire la cour, et que je n'eus
pas moi-même la pensée qu'il pût y songer.
Je me déguisai en garçon, et je jouai si bien
mon rôle, que je donnai lieu à toutes sortes
de méprises plaisantes; mais il y en eut une
qui faillit nous être funeste à tous deux. Je
passerai les autres sous silence, pour ne pas
trop prolonger ce récit, et je mentionnerai
seulement celle-là parce que je sais qu'elle
intéressera Votre Altesse, beaucoup plus que
tout le reste de mon histoire.

8

— Je devine que tu vas me parler de *lui*,
dit la princesse en écartant les bougies pour
mieux voir la narratrice, et en posant ses
deux coudes sur la table.

— En descendant le cours de la Moldaw,
sur la frontière bavaroise, nous fûmes enle-

vés par des recruteurs au service du roi votre
frère, et flattés de la riante espérance de devenir fifre et tambour, Haydn et moi, dans
les glorieuses armées de Sa Majesté.

— Toi, tambour? s'écria la princesse en
éclatant de rire. Ah! si de Kleist t'avait vue
ainsi, je gage que tu lui aurais tourné la tête.
Mon frère t'eût pris pour son page, et Dieu
sait quels ravages tu eusses fait dans le cœur
de nos belles dames. Mais que parles-tu
d'Haydn? Je connais ce nom là; j'ai reçu dernièrement de la musique de ce Haydn, je me
le rappelle, et c'est de la bonne musique. Ce
n'est pas l'enfant dont tu parles?

—Pardonnez-moi, madame, c'est un garçon d'une vingtaine d'années, qui a l'air d'en
avoir quinze. C'est mon compagnon de
voyage, c'était mon ami sincère et fidèle. A la
lisière d'un petit bois où nos ravisseurs s'ar-
rêtèrent pour déjeuner, nous prîmes la fuite;

on nous poursuivit , nous courûmes comme
des lièvres , et nous eûmes le bonheur d'at-
teindre un carrosse de voyage qui renfermait
le noble et beau Frédéric de Trenck, et un ci-
devant conquérant, le comte Hoditz de
Roswald.

— Le mari de ma tante la margrave de
Culmbach? s'écria la princesse : encore un
mariage d'amour, de Kleist ! c'est, au reste,
la seule chose honnête et sage que ma grosse
tante ait faite en sa vie. Comment est-il , ce
comte Hoditz? »

Consuelo allait entreprendre un portrait
détaillé du châtelain de Roswald ; mais
la princesse l'inter rompit pour lui faire
mille questions sur Trenck, sur le costume qu'il portait ce jour-là, sur les moindres détails ; et lorsque Consuelo lui raconta
comme quoi Trenck avait volé à sa défense,
comme quoi il avait failli être atteint d'une

balle, comme quoi enfin il avait mis en fuite les brigands, et délivré un malheureux déserteur qu'ils emmenaient pieds et poings liés dans leur carriole, il fallut qu'elle recommençât, qu'elle expliquât les moindres circonstances, et qu'elle rapportât les paroles les plus indifférentes. La joie et l'attendrissement de la princesse furent au comble lorsqu'elle apprit que Trenck et le comte Hoditz ayant emmené les deux jeunes voyageurs dans leur voiture, le baron n'avait fait aucune attention à Consuelo, qu'il n'avait cessé de regarder un portrait caché dans son sein, de soupirer, et de parler au comte d'un amour mystérieux pour une personne haut placée qui faisait le bonheur et le désespoir de sa vie.

Quand il fut permis à Consuelo de passer outre, elle raconta que le comte Hoditz, ayant deviné son sexe à Passaw, avait voulu se prévaloir un peu trop de la protection qu'il lui avait accordée, et qu'elle s'était sauvée avec Haydn pour reprendre son voyage modeste et aventureux, sur un bateau qui descendait le Danube.

Enfin, elle raconta de quelle manière, en jouant du pipeau, tandis que Haydn, muni de son violon, faisait danser les paysans pour avoir de quoi dîner, elle était arrivée, un soir, à un joli prieuré, toujours déguisée, et se donnant pour le signor Bertoni, musicien ambulant et *zingaro* de son métier. « L'hôte de ce prieuré était, dit-elle, un mélomane passioné, de plus un homme d'esprit et un cœur excellent. Il nous prit, moi particulièrement, en grande amitié, et voulut même m'adopter, me promettant un joli bénéfice, si je voulais prendre seulement les ordres mineurs. Le sexe masculin commençait à me lasser. Je ne me sentais pas plus dégoût pour

la tonsure que pour le tambour ; mais un
événement bizarre me fit prolonger un peu
mon séjour chez cet aimable hôte. Une voya-
geuse, qui courait la poste, fut prise des
douleurs de l'enfantement à la porte du
prieuré ; et y accoucha d'une petite fille
qu'elle abandonna le lendemain matin, et
que je persuadai au bon chanoine d'adopter
à ma place. Elle fut nommée Angèle, du nom
de son père Anzoleto ; et madame Corilla,
sa mère, alla briguer à Vienne un engagement au théâtre de la cour. Elle l'obtint, à
mon exclusion. M. le prince de Kaunitz la
présenta à l'impératrice Marie - Thérèse
comme une respectable veuve ; et je fus
rejetée, comme accusée et véhémentement
soupçonnée d'avoir de l'amour pour Joseph
Haydn, qui recevait les leçons du Porpora,
et qui demeurait dans la même maison que
nous. »

Consuelo détailla son entrevue avec la grande impératrice. La princesse était fort curieuse d'entendre parler de cette femme extraordinaire, à la vertu de laquelle on ne voulait point croire à Berlin, et à qui l'on donnait pour amants le prince de Kaunitz, le docteur Van-Swieten et le poète Métastase.

Consuelo raconta enfin sa réconciliation avec la Corilla, à propos d'Angèle, et son début, dans les premiers rôles, au théâtre impérial, grâce à un remords de conscience et à un élan généreux de cette fille singulière. Puis elle dit les relations de noble et douce amitié qu'elle avait eues avec le baron de Trenck, chez l'ambassadeur de Venise, et rapporta minutieusement qu'en recevant les adieux de cet aimable jeune homme, elle était convenue avec lui d'un moyen de s'entendre, si la persécution du roi de Prusse venait à en faire naître la nécessité. Elle parla du cahier de musique dont les feuillets devaient servir d'enveloppe et de signature aux lettres qu'il lui ferait parvenir, au besoin, pour l'objet de ses amours, et elle expliqua comment elle avait été éclairée récemment, par un de ces feuillets, sur l'importance de l'écrit cabalistique qu'elle avait remis à la princesse.

On pense bien que ces explications prirent plus de temps que le reste du récit. Enfin, la Porporina, ayant dit son départ de Vienne avec le Porpora, et de quelle manière elle avait rencontré le roi de Prusse, sous l'habit d'un simple officier et sous le nom du baron de Kreutz, au château merveilleux de Roswald, en Moravie, elle fut obligée de mentionner le service capital qu'elle avait rendu au monarque sans le connaître.

« Voilà ce que je suis curieuse d'apprendre, dit madame de Kleist. M. de Pœlnitz, qui babille volontiers, m'a confié que dernièrement à souper Sa Majesté avait déclaré à ses convives que son amitié pour la belle Porporina avait des causes plus sérieuses qu'une simple amourette.

— J'ai fait une chose bien simple, pourtant, répondit madame de Rudolstadt. J'ai usé de l'ascendant que j'avais sur un malheureux fanatique pour l'empêcher d'assassiner le roi. Karl, ce pauvre géant bohémien, que le baron de Trenck avait arraché des mains des recruteurs en même temps que moi, était entré au service du comte Hoditz. Il venait de reconnaître le roi ; il voulait venger sur lui la mort de sa femme et de son enfant, que la misère et le chagrin avaient tués à la suite de son second enlèvement. Heureusement cet homme n'avait pas oublié que j'avais contribué aussi à son salut, et que j'avais donné quelques secours à sa femme. Il se laissa convaincre et ôter le fusil des mains. Le roi,

caché dans un pavillon voisin, entendit tout,
ainsi qu'il me l'a dit depuis, et, de crainte
que son assassin n'eût quelque retour de
fureur, il prit, pour s'en aller, un autre
chemin que celui où Karl s'était proposé de
l'attendre. Le roi voyageait seul à cheval,
avec M. de Buddenbrock; il est donc fort
probable qu'un habile tireur comme Karl, à
qui, le matin, j'avais vu abattre trois fois le
pigeon sur un mât dans la fête que le comte
Hoditz nous avait donnée, n'aurait pas manqué son coup.

— Dieu sait, dit la princesse d'un air rêveur, quels changements ce malheur aurait
amenés dans la politique européenne et dans
le sort des individus ! Maintenant, ma chère
Rudolstadt, je crois que je sais très bien le
reste de ton histoire jusqu'à la mort du comte
Albert. A Prague, tu as rencontré son oncle
le baron, qui t'a amenée au château des

Géants pour le voir mourir d'étisie, après t'avoir épousée au moment de rendre le dernier soupir. Tu n'avais donc pas pu te décider à l'aimer?

— Hélas ! madame, je l'ai aimé trop tard, et j'ai été bien cruellement punie de mes hésitations et de mon amour pour le théâtre. Forcée, par mon maître Porpora, de débuter à Vienne, trompée par lui sur les dispositions d'Albert, dont il avait supprimé les dernières lettres, et que je croyais guéri de son fatal amour, je m'étais laissé entraîner par les prestiges de la scène, et j'avais fini, en attendant que je fusse engagée à Berlin, par jouer à Vienne avec une sorte d'ivresse.

— Et avec gloire ! dit la princesse ; nous savons cela.

— Gloire misérable et funeste, reprit Consuélo. Ce que Votre Altesse ne sait point, c'est qu'Albert était venu secrètement

à Vienne, qu'il m'avait vu jouer ; qu'attaché
à tous mes pas, comme une ombre mystérieuse, il m'avait entendue avouer à Joseph
Haydn, dans la coulisse, que je ne saurais
pas renoncer à mon art sans un affreux regret. Cependant j'aimais Albert ! je jure
devant Dieu que j'avais reconnu en moi qu'il
m'était encore plus impossible de renoncer à
lui qu'à ma vocation, et que je lui avais écrit
pour le lui dire : mais le Porpora, qui traitait cet amour de chimère et de folie, avait
surpris et brûlé ma lettre. Je retrouvai Albert dévoré par une rapide consomption ; je
lui donnai ma foi, et ne pus lui rendre la vie.
Je l'ai vu sur son lit de parade, vêtu
comme un seigneur des anciens jours, beau
dans les bras de la mort , et le front serein
comme celui de l'ange du pardon ; mais je n'ai
pu l'accompagner jusqu'à sa dernière demeure. Je l'ai laissé dans la chapelle ardente du châ-

teau des Géants, sous la garde de Zdenko, ce pauvre prophète insensé, qui m'a tendu la main en riant, et en se réjouissant du tranquille sommeil de son ami. Lui, du moins, plus pieux et plus fidèle que moi, l'a déposé dans la tombe de ses pères, sans comprendre qu'il ne se relèverait plus de ce lit de repos ! Et moi, je suis partie, entraînée par le Porpora, ami dévoué mais farouche, cœur paternel mais inflexible, qui me criait aux oreilles jusque sur le cercueil de mon mari : « Tu débutes samedi prochain dans les *Virtuoses ridicules !* »

— Étrange vicissitude, en effet, d'une vie d'artiste ! dit la princesse en essuyant une larme ; car la Porporina sanglotait en achevant son histoire : mais tu ne me dis pas, chère Consuelo, le plus beau trait de ta vie, et c'est de quoi Supperville m'a informée avec admiration. Pour ne pas affliger la vieille

chanoinesse et ne pas te départir de ton dé-
sintéressement romanesque, tu as renoncé à
ton titre, à ton douaire, à ton nom ; tu as
demandé le secret à Supperville et au Porpora, seuls témoins de ce mariage précipité,
et tu es venue ici, pauvre comme devant,
Zingarella comme toujours...

— Et artiste à jamais ! répondit Consuelo,
c'est-à-dire indépendante, vierge, et morte
à tout sentiment d'amour, telle enfin que le
Porpora me représentait sans cesse le type
idéal de la prétresse des Muses ! Il l'a emporté, mon terrible maître ! et me voilà arrivée
au point où il voulait. Je ne crois point que
j'en sois plus heureuse, ni que j'en vaille
mieux. Depuis que je n'aime plus et que je
ne me sens plus capable d'aimer, je ne sens
plus le feu de l'inspiration ni les émotions du
théâtre. Ce climat glacé et cette amosphère
de la cour me jettent dans un morne abatte-

ment. L'absence du Porpora, l'espèce d'a-
bandon où je me trouve , et la volonté du roi
qui prolonge mon engagement contre mon
gré.., je puis vous l'avouer, n'est-ce pas,
madame ?

— J'aurais dû le deviner ! Pauvre enfant,
on te croit fière de l'espèce de préférence
dont le roi t'honore ; mais tu es sa prisonière
et son esclave, comme moi, comme toute sa
famille, comme ses favoris, comme ses soldats, comme ses pages , comme ses petits
chiens. O prestige de la royauté, auréole des
grands princes ! que tu es maussade à ceux
dont la vie s'épuise à te fournir de rayons et
de lumière ! Mais, chère Consuelo, tu as encore bien des choses à me dire, et ce ne sont
pas celles qui m'intéressent le moins. J'attends
de ta sincérité que tu m'apprennes positive-
ment en quels termes tu es avec mon frère,
et je la provoquerai par la mienne. Croyant

que tu étais sa maîtresse, et me flattant que
tu pourrais obtenir de lui la grâce de Trenck,
je t'avais recherchée pour remettre notre
cause entre tes mains. Maintenant que, grâce
au ciel, nous n'avons plus besoin de toi pour
cela, et que je suis heureuse de t'aimer pour
toi-même, je crois que tu peux me dire tout
sans te compromettre, d'autant plus que les
affaires de mon frère ne me paraissent pas
bien avancées avec toi.

—La manière dont vous vous exprimez sur
ce chapitre me fait frémir, madame, répondit Consuelo en pâlissant. Il y a huit jours
seulement que j'entends chuchoter autour
de moi d'un air sérieux sur cette prétendue
inclination du roi *notre maître* pour sa triste
et tremblante sujette. Jusque-là je n'avais
jamais vu de possible entre lui et moi qu'une
causerie enjouée, bienveillante de sa part,
respectueuse de la mienne. Il m'a témoigné

de l'amitié et une reconnaissance trop grande pour la conduite si simple que j'ai tenue à Roswald. Mais de là à l'amour, il y a un abîme, et j'espère bien que sa pensée ne l'a pas franchi.

— Moi, je crois le contraire. Il est brusque, taquin et familier avec toi; il te parle comme à un petit garçon, il te passe la main sur la tête comme à ses lévriers ; il affecte devant ses amis, depuis quelques jours, d'être moins amoureux de toi que de qui ce soit. Tout cela prouve qu'il est en train de le devenir. Je le connais bien, moi ; je te réponds qu'avant peu il faudra te prononcer. Quel parti prendras-tu? Si tu lui résistes, tu es perdue ; si tu lui cèdes, tu l'es encore plus. Que feras-tu , le cas échéant?

— Ni l'un ni l'autre, madame ; je ferai comme ses recrues, je déserterai.

— Cela n'est pas facile, et je n'en ai guère

envie, car je m'attache à toi singulièrement ,
et je crois que je mettrais les recruteur s encore une fois à tes trousses plutôt que de te
voir partir. Allons, nous chercherons un
moyen. Le cas est grave et demande réflexion. Raconte-moi tout ce qui s'est passé
depuis la mort du comte Albert.

— Quelques faits bizarres et inexplicables
au milieu d'une vie monotone et sombre. Je
vous les dirai tels qu'ils sont, et Votre Altesse
m'aidera peut-être à les comprendre.

— J'essayerai, à condition que tu m'ap-
pelleras Amélie, comme tout à l'heure. Il
n'est pas minuit, et je ne veux être Altesse
que demain au grand jour. »

La Porporina reprit son récit en ces termes :

« J'ai déjà raconté à madame de Kleist,
lorsqu'elle m'a fait l'honneur de venir chez
moi pour la première fois, que j'avais été

séparée du Porpora en arrivant de Bohême,
à la frontière prussienne. J'ignore encore
aujourd'hui si le passe-port de mon maître
n'était pas en règle, ou si le roi avait devancé
notre arrivée par un de ces ordres dont la
rapidité tient du prodige, pour interdire au
Porpora l'entrée de ses Etats. Cette pensée,
peut-être coupable, m'était venue d'abord ;
car je me souvenais de la légèreté brusque et
de la sincérité frondeuse que le Porpora avait
mises à défendre l'honneur de Trenck et à
blâmer la dureté du roi, lorsqu'à un souper
chez le comte Hoditz, en Moravie, le roi, se
donnant pour le baron de Kreutz, nous avait
annoncé lui-même la prétendue trahison de
Trenck et sa réclusion à Glatz...

— En vérité, s'écria la princesse, c'est à
propos de Trenck que maître Porpora a déplu
au roi?

— Le roi ne m'en a jamais reparlé, et

j'ai craint de l'en faire souvenir. Mais il est certain que, malgré mes prières et les promesses de Sa Majesté, le Porpora n'a jamais été rappelé.

— Et il ne le sera jamais, reprit Amélie, car le roi n'oublie rien et ne pardonne jamais la franchise quand elle blesse son amour-propre. Le Salomon du Nord hait et persécute quiconque doute de l'infaillibilité de ses jugements ; surtout quand son arrêt n'est qu'une feinte grossière, un odieux prétexte pour se débarrasser d'un ennemi. Ainsi, fais-en ton deuil, mon enfant, tu ne reverras jamais le Porpora à Berlin.

— Malgré le chagrin que j'éprouve de son absence, je ne désire plus le voir ici, madame ; et je ne ferai plus de démarches pour que le roi lui pardonne. J'ai reçu ce matin une lettre de mon maître qui m'annonce la réception d'un opéra de lui au théâtre impérial de

Vienne. Après mille traverses, il est donc
enfin arrivé à son but, et la pièce va être
mise à l'étude. Je songerais bien plutôt désormais à le rejoindre qu'à l'attirer ; mais je
crains fort de ne pas être plus libre de sortir
d'ici que je n'ai été libre de n'y pas entrer.

— Que veux-tu dire ?

— A la frontière, lorsque je vis que l'on
forçait mon maître à remonter en voiture et
à retourner sur ses pas , je voulus l'accompagner et renoncer à mon engagement avec
Berlin. J'étais tellement indignée de la bru-
talité et de l'apparente mauvaise foi d'une
telle réception, que j'aurais payé le dédit en
travaillant à la sueur de mon front, plutôt
que de pénétrer plus avant dans un pays si
despotiquement régi. Mais au premier témoi-
gnage que je donnai de mes intentions, je
fus sommée par l'officier de police de monter
dans une autre chaise de poste qui fut ame-

née et attelée en un clin-d'œil ; et comme je
me vis entourée de soldats bien déterminés
à m'y contraindre, j'embrassai mon maître,
en pleurant, et je pris le parti de me laisser
conduire à Berlin, où j'arrivai, brisée de fatigue et de douleur, à minuit. On me déposa
tout près du palais, non loin de l'Opéra, dans
une jolie maison appartenant au roi, et disposée de manière à ce que j'y fusse logée
absolument seule. J'y trouvai des domestiques à mes ordres et un souper tout préparé.
J'ai su que M. de Pœlnitz avait reçu l'ordre
de tout disposer pour mon arrivée. J'y étais
à peine installée, lorsqu'on me fit demander
de la part du baron de Kreutz si j'étais visi-
ble. Je m'empressai de le recevoir, impatiente que j'étais de me plaindre à lui de l'accueil fait au Porpora, et de lui en demander
la réparation. Je feignis donc de ne pas
savoir que le baron de Kreutz était Fredé-

ric II. Je pouvais l'ignorer. Le déserteur
Karl, en me confiant son projet de l'assassiner, comme officier supérieur prussien, ne
me l'avait pas nommé, et je ne l'avais appris
que de la bouche du comte Hoditz, après que
le roi eût quitté Roswald. Il entra d'un air
riant et affable que je ne lui avais pas vu sous
son incognito. Sous son pseudonyme, et en
pays étranger, il était un peu gêné. A Berlin,
il me sembla avoir retrouvé toute la majesté
de son rôle, c'est-à-dire la bonté protectrice et la douceur généreuse dont il sait si
bien orner dans l'occasion sa toute-puissance.
Il vint à moi en me tendant la main et en
me demandant si je me souvenais de l'avoir
vu quelque part.

« Oui, monsieur le baron, lui répondis-je,
et je me souviens que vous m'avez offert et
promis vos bons services à Berlin, si je venais
à en avoir besoin. » Alors je lui racontai

avec vivacité ce qui m'était arrivé à la frontière, et je lui demandai s'il ne pouvait pas
faire parvenir au roi la demande d'une réparation pour cet outrage fait à un maître
illustre et pour cette contrainte exercée
envers moi.

— Une réparation! répondit le roi en
souriant avec malice, rien que cela? M. Porpora voudrait-il appeler en champ clos le roi
de Prusse ! et mademoiselle Porporina exige-
rait peut-être qu'il mît un genoux en terre
devant elle!

Cette raillerie augmenta mon dépit : « Votre Majesté peut ajouter l'ironie à ce que j'ai
déjà souffert, répondis-je; mais j'aimerais
mieux avoir à la bénir qu'à la craindre. »

Le roi me secoua le bras un peu rude-
ment : Ah ! vous jouez aussi au plus fin, dit-il
en attachant ses yeux pénétrants sur les
miens : je vous croyais simple et pleine de

droiture, et voilà que vous me connaissiez parfaitement bien à Roswald ? »

— Non, sire, répondis je, je ne vous connaissais pas, et plût au ciel que je ne vous eusse jamais connu !

— « Je n'en puis dire autant, reprit-il avec douceur ; car sans vous, je serais peut-être resté dans quelque fossé du parc de Roswald. Le succès des batailles n'est point une égide contre la balle d'un assassin, et je n'oublierai jamais que si le destin de la Prusse est encore entre mes mains, c'est à une bonne petite âme, ennemie des lâches complots que je le dois. Ainsi, ma chère Porporina, votre mauvaise humeur ne me rendra point ingrat. Calmez-vous, je vous prie, et racontez-moi bien ce dont vous avez à vous plaindre, car jusqu'ici je n'y comprends pas grand chose. »

Soit que le roi feignît de ne rien savoir,

soit qu'en effet les gens de sa police eussent cru voir quelque défaut de forme dans les papiers de mon maître, il écouta mon récit avec beaucoup d'attention, et me dit ensuite de l'air calme d'un juge qui ne veut pas se prononcer à la légère : « J'examinerai tout cela, et vous en rendrai bon compte; je serais fort surpris que mes gens eussent cherché noise, sans motif, à un voyageur en règle. Il faut qu'il y ait quelque malentendu. Je le saurai! soyez tranquille, et si quelqu'un a outrepassé son mandat, il sera puni. »

— Sire, ce n'est pas là ce que je demande. Je vous demande le rappel du Porpora.

— « Et je vous le promets, répondit-il. Maintenant, prenez un air moins sombre, et racontez-moi comment vous avez découvert le secret de mon incognito. »

Je causai alors librement avec le roi, et je le trouvai si bon, si aimable, si séduisant par

la parole, que j'oubliai toutes les préventions
que j'avais contre lui, pour n'admirer que
son esprit à la fois judicieux et brillant, ses
manières aisées dans la bienveillance que
je n'avais pas trouvées chez Marie-Thérèse ;
enfin, la délicatesse de ses sentiments sur
toutes les matières auxquelles il toucha dans
la conversation. « Écoutez, me dit-il, en prenant son chapeau pour sortir. J'ai un conseil d'ami à vous donner dès votre arrivée
ici ; c'est de ne parler à qui que ce soit du
service que vous m'avez rendu, et de la visite que je vous ai faite ce soir. Bien qu'il
n'y ait rien que de fort honorable pour nous
deux dans mon empressement à vous remer-
cier, cela donnerait lieu à une idée très fausse
des relations d'esprit et d'amitié que je désire
avoir avec vous. On vous croirait avide de ce
que, dans le langage des cours, on appelle
la faveur du maître. Vous seriez un objet de

méfiance pour les uns, et de jalousie pour les
autres. Le moindre inconvénient serait de
vous attirer une nuée de solliciteurs qui vou-
draient faire de vous le canal de leurs sottes
demandes; et comme vous auriez sans doute
le bon esprit de ne pas vouloir jouer ce rôle,
vous seriez en butte à leur obsession ou à leur
inimitié. « — Je promets à Votre Majesté,
répondis-je, d'agir comme elle vient de me
l'ordonner.

— Je ne vous ordonne rien, Consuelo, reprit-il; mais je compte sur votre sagesse et
sur votre droiture. J'ai vu en vous, du premier coup d'œil, une belle âme et un esprit
juste; et c'est parce que je désirais faire de
vous la perle fine de mon département des
beaux-arts, que j'avais envoyé, du fond de la
Silésie, l'ordre de vous fournir une voiture à
mes frais pour vous amener de la frontière,
dès que vous vous y présenteriez. Ce n'est

pas ma faute si on vous a en fait une espèce de
prison roulante, et si on vous a séparée de
votre protecteur. En attendant qu'on vous le
rende, je veux le remplacer, si vous me trouvez digne de la même confiance et du même
attachement que vous avez pour lui. »

J'avoue, *ma chère Amélie*, que je fus vivement touchée de ce langage paternel et de
cette amitié délicate. Il s'y mêla peut-être un
peu d'orgueil ; et les larmes me vinrent aux
yeux, lorsque le roi me tendit la main en me
quittant. Je faillis la lui baiser, comme c'était
sans doute mon devoir ; mais puisque je suis
en train de me confesser, je dois dire qu'au
moment de le faire, je me sentis saisie de
terreur et comme paralysée par le froid de la
méfiance. Il me sembla que le roi me cajolait
et flattait mon amour-propre, pour m'empêcher de raconter cette scène de Roswald, qui
pouvait produire, dans quelques esprits, une

impression contraire à sa politique. Il me
sembla aussi qu'il craignait le ridicule d'avoir
été bon et reconnaissant envers moi. Et puis,
tout à coup, en moins d'une seconde, je me
rappelai le terrible régime militaire de la
Prusse, dont le baron Trenck m'avait informée minutieusement ; la férocité des recruteurs, les malheurs de Karl, la captivité de ce
noble Trenck, que j'attribuais à la délivrance
du pauvre déserteur ; les cris d'un soldat que
j'avais vu battre, le matin, en traversant un
village ; et tout ce système despotique qui
fait la force et la gloire du grand Frédéric.
Je ne pouvais plus le haïr personnellement ;
mais déjà je revoyais en lui ce maître absolu,
cet ennemi naturel des cœurs simples qui ne
comprennent pas la nécessité des lois inhu-
maines, et qui ne sauraient pénétrer les ar-
canes des empires.

9

« Dépuis ce jour, continua la Porporina,
je n'ai pas revu le roi chez moi ; mais il m'a
mandée quelquefois à Sans-Souci, où j'ai
même passé plusieurs jours de suite avec mes
camarades Porporino ou Conciolini ; et ici,
pour tenir le clavecin à ses petits concerts et

accompagner le violon de M. Graun, ou celui
de Benda, ou la flûte de M. Quantz, ou enfin
le roi lui-même.

— Ce qui est beaucoup moins agréable que
d'accompagner les précédents, dit la princesse de Prusse ; car je sais par expérience
que mon cher frère, lorsqu'il fait de fausses
notes ou lorsqu'il manque à la mesure, s'en
prend à ses concertants et leur cherche
noise.

— Il est vrai, reprit la Porporina ; et son
habile maître, M. Quantz lui-même, n'a pas
toujours été à l'abri de ses petites injustices.
Mais Sa Majesté, lorsqu'elle s'est laissé entraîner de la sorte, répare bientôt son tort
par des actes de déférence et des louanges
délicates qui versent du baume sur les plaies
de l'amour-propre. C'est ainsi que par un
mot affectueux, par une simple exclamation
admirative, il réussit à se faire pardonner ses

duretés et ses emportements, même par les
artistes, les gens les plus susceptibles du
monde.

— Mais toi, après tout ce que tu savais de
lui, et avec ta droiture modeste, pouvais-tu
te laisser fasciner par ce basilic?

— Je vous avouerai, madame, que j'ai
subi bien souvent son ascendant sans m'en
apercevoir. Comme ces petites ruses m'ont
toujours été étrangères, j'en suis toujours
dupe, et ce n'est que par réflexion que je les
devine après coup. J'ai revu aussi le roi fort
souvent sur le théâtre, et même dans ma loge
quelquefois, après la représentation. Il s'est
toujours montré paternel envers moi. Mais
je ne me suis jamais trouvée seule avec lui
que deux ou trois fois dans les jardins de
Sans-Souci, et je dois confesser que c'était
après avoir épié l'heure de sa promenade et
m'être placée sur son chemin tout exprès. Il

m'appelait alors ou venait courtoisement à
ma rencontre, et je saisissais l'occasion par
les cheveux pour lui parler du Porpora et re-
nouveler ma requête. J'ai toujours reçu les
mêmes promesses, sans en voir jamais arriver les résultats. Plus tard, j'ai changé de
tactique, et j'ai demandé la permission de
retourner à Vienne; mais le roi a écouté ma
prière tantôt avec des reproches affectueux,
tantôt avec une froideur glaciale, et le plus
souvent avec une humeur assez marquée.
Cette dernière tentative n'a pas été, en
somme, plus heureuse que les autres; et
même, quand le roi m'avait répondu séche-
ment : « Partez, mademoiselle, vous êtes
libre, « je n'obtenais ni règlement de comptes,
ni passeport, ni permission de voyager. Les
choses en sont restées là, et je ne vois plus
de ressources que dans la fuite, si ma position ici me devient trop difficile à supporter.

Hélas! madame, j'ai été souvent blessée du peu de goût de Marie-Thérèse pour la musique; je ne me doutais pas alors qu'un roi mélomane fût bien plus à redouter qu'une impératrice sans oreille.

Je vous ai raconté en gros toutes mes relations avec Sa Majesté. Jamais je n'ai eu lieu de redouter ni même de soupçonner ce caprice que Votre Altesse veut lui attribuer de m'aimer. Seulement j'ai eu l'orgueil quelquefois de penser que, grâce à mon petit talent musical et à cette circonstance romanesque où j'ai eu le bonheur de préserver sa vie, le roi avait pour moi une espèce d'amitié. Il me l'a dit souvent et avec tant de grâce, avec un air d'abandon si sincère; il a paru prendre, à causer avec moi, un plaisir si empreint de bonhomie, que je me suis habituée, à mon insu peut-être, et à coup sûr bien malgré moi, à l'aimer aussi d'une es-

pèce d'amitié. Le mot est bizarre et sans
doute déplacé dans ma bouche, mais le
sentiment de respect affectueux et de confiance craintive que m'inspirent la présence,
le regard, la voix et les douces paroles de ce
royal basilic, comme vous l'appelez, est aussi
étrange que sincère. Nous sommes ici pour
tout dire, et il est convenu que je ne me gê-
nerai en rien; eh bien, je déclare que le roi
me fait peur, et presque horreur, quand je
ne le vois pas et que je respire l'air raréfié
de son empire; mais que, lorsque je le vois,
je suis sous le charme, et prête à lui donner
toutes les preuves de dévouement qu'une fille
craintive, mais pieuse, peut donner à un père
rigide, mais bon.

—Tu me fais trembler, s'écria la princesse;
bon Dieu! si tu allais te laisser dominer ou
enjôler au point de trahir notre cause?

—Oh! pour cela, madame, jamais! soyez

sans crainte. Quand il s'agit de mes amis, ou tout simplement des autres, je défie le roi et de plus habiles encore, s'il en est, de me faire tomber dans un piége.

— Je te crois. Tu exerces sur moi, par ton air de franchise, le même prestige que tu subis de la part de Frédéric. Allons, ne t'émeus pas, je ne vous compare point. Reprends ton histoire, et parle-moi de Cagliostro. On m'a dit qu'à une séance de magie, il t'avait fait voir un mort que je suppose être le comte Albert?

— Je suis prête à vous satisfaire; noble Amélie; mais si je me résous à vous raconter encore une aventure pénible, que je voudrais pouvoir oublier, j'ai le droit de vous adresser quelques questions, selon la convention que nous en avons faite.

— Je suis prête à te répondre.

— Eh bien, madame, croyez-vous que les

morts puissent sortir du tombeau, ou du
moins qu'un reflet [de leur figure , animée
par l'apparence de la vie, puisse être évoqué
au gré des magiciens et s'emparer de notre
imagination au point de se reproduire ensuite devant nos yeux, et de troubler notre
raison ?

— La question est fort compliquée, et tout
ce que je puis répondre, c'est que je ne crois
à rien de ce qui est impossible. Je ne crois
pas plus au pouvoir de la magie qu'à la ré-
surrection des morts. Quant à notre pauvre
folle d'imagination, je la crois capable de
tout.

— Votre Altesse... pardon ; ton Altesse ne
croit pas à la magie, et cependant... Mais la
question est indiscrète, sans doute ?..

— Achève : « Et cependant je suis adon-
née à la magie ; » cela est connu. Et bien ,
mon enfant, permets-moi de ne te donner

l'explication de cette inconséquence bizarre
qu'en temps et lieu. D'après le grimoire envoyé par le sorcier Saint-Germain , qui était
en réalité une lettre de Trenck pour moi, tu
peux déjà pressentir que cette prétendue nécromancie peut servir de prétexte à bien des
choses. Mais te révéler tout ce qu'elle cache
aux yeux du vulgaire, tout ce qu'elle dérobe
à l'espionnage des cours et à la tyrannie des
lois, ne serait pas l'affaire d'un instant.
Prends patience, j'ai résolu de t'initier à tous
mes secrets. Tu le mérites mieux que ma chère
de Kleist, qui est un esprit timide et supersti-
tieux. Oui, telle que tu la vois, cet ange de
bonté, ce tendre cœur n'a pas le sens commun. Elle croit au diable, aux sorciers , aux
revenants et aux présages, tout comme si
elle n'avait pas sous les yeux et dans les
mains les fils mystérieux du grand œuvre.
Elle est comme ces alchimistes du temps passé

qui créaient patiemment et savamment des
monstres, et qui s'effrayaient ensuite de leur
propre ouvrage, jusqu'à devenir esclaves de
quelque démon familier sorti de leur alam-
bic.

—Peut-être ne serais-je pas plus brave que
madame de Kleist, reprit la Porporina, et
j'avoue que j'ai par devers moi un échantil-
lon du pouvoir, sinon de l'infaillibilité de
Cagliostro. Figurez-vous qu'après m'avoir
promis de me faire voir la personne à laquelle je pensais, et dont il prétendait lire apparemment le nom dans mes yeux, il m'en
montra une autre; et encore, en me la montrant vivante, il parut ignorer complétement
qu'elle fût morte. Mais malgré cette double
erreur, il ressucita devant mes yeux l'époux
que j'ai perdu, ce qui sera à jamais pour moi
une énigme douloureuse et terrible.

— Il t'a montré un fantôme quelconque,

et c'est ton imagination qui a fait tous les frais.

— Mon imagination n'était nullement en jeu, je puis vous l'affirmer. Je m'attendais à voir dans une glace, ou derrière une gaze, quelque portrait de maître Porpora ; car j'avais parlé de lui plusieurs fois à souper, et, en déplorant tout haut son absence, j'avais remarqué que M. Cagliostro faisait beaucoup d'attention à mes paroles. Pour lui rendre sa tâche plus facile, je choisis, dans ma pensée, la figure du Porpora, pour le sujet de l'apparition ; et je l'attendis de pied ferme, ne prenant point jusque-là cette épreuve au sérieux. Enfin, s'il est un seul moment dans ma vie, où je n'aie point pensé à M. de Rudolsdadt, c'est précisément celui-là. M. Cagliostro, me demanda en entrant dans son laboratoire magique avec moi, si je voulais consentir à me laisser bander les yeux et à le suivre en

le tenant par la main. Comme je le savais
homme de bonne compagnie, je n'hésitai
point à accepter son offre, et j'y mis seulement
la condition qu'il ne me quitterait pas un instant. J'allais précisément, me dit-il, vous
adresser la prière de ne point vous éloigner
de moi d'un pas, et de ne point quitter ma
main, quelque chose qui arrive, quelque
émotion que vous veniez à éprouver. Je le
lui promis, mais une simple affirmation ne le
satisfit pas. Il me fit solennellement jurer
que je ne ferais pas un geste, pas une exclamation, enfin que je resterais muette et impassible pendant l'apparition. Ensuite il mit son
gant, et, après m'avoir couvert la tête d'un
capuchon de velours noir, qui me tombait
jusques sur les épaules, il me fit marcher
pendant environ cinq minutes sans que j'en-
tendisse ouvrir ou fermer aucune porte. Le
capuchon m'enpêchait de sentir aucun chan-

gement dans l'atmosphère ; ainsi je ne pus
savoir si j'étais sortie du cabinet, tant il me
fit faire de tours et de détours pour m'ôter
l'appréciation de la direction que je suivais.
Enfin, il s'arrêta, et d'une main m'enleva le
capuchon si légèrement que je ne le sentis
pas. Ma respiration, devenue plus libre, m'apprit seule que j'avais la liberté de regarder ;
mais je me trouvais dans de si épaisses ténèbres que je n'en étais pas plus avancée. Peu
à peu, cependant, je vis une étoile lumineuse
d'abord vacillante et faible, et bientôt claire
et brillante, se dessiner devant moi. Elle
semblait d'abord très-loin, et lorsqu'elle fut
entièrement éclairée, elle me parut tout près.
C'était l'effet, je pense, d'une lumière plus
ou moins intense derrière un transparent.
Cagliostro me fit approcher de l'étoile, qui
était percée dans le mur, et je vis, de l'autre
côté de cette muraille, une chambre décorée

singulièrement et remplie de bougies placées
dans un ordre systématique. Cette pièce avait
dans ses ornements et dans sa disposition,
tout le caractère d'un lieu destiné aux opé-
rations magiques. Mais je n'eus pas le loisir
de l'examiner beaucoup ; mon attention était
absorbée par un personnage assis devant
une table. Il était seul et cachait sa figure
dans ses mains, comme s'il eût été plongé
dans une profonde méditation. Je ne pouvais
donc voir ses traits, et sa taille était déguisée par un costume que je n'ai encore vu à
personne. Autant que je pus le remarquer,
c'était une robe, ou un manteau de satin blanc
doublé de pourpre, et agrafé sur la poitrine
par des bijoux hiéroglyphiques en or où je
distinguai une rose, une croix, un triangle,
une tête de mort, et plusieurs riches cordons
de diverses couleurs. Tout ce que je pouvais
comprendre, c'est que ce n'était point là le

Porpora. Mais au bout d'une ou deux minutes, ce personnage mystérieux, que je commençais à prendre pour une statue, dérangea lentement ses mains, et je vis distinctement le visage du comte Albert ; non pas tel que je l'avais vu la dernière fois, couvert des ombres de la mort, mais animé dans sa pâleur, et plein d'âme dans sa sérénité, tel enfin que je l'avais vu dans ses plus belles heures de calme et de confiance. Je faillis laisser échapper un cri, et briser, d'un mouvement involontaire, la glace qui me séparait de lui. Mais une violente pression de la main de Cagliostro me rappela mon serment, et m'imprima je ne sais quelle vague terreur. D'ailleurs, au même instant, une porte s'ouvrit au fond de l'appartement où je voyais Albert, et plusieurs personnages inconnus, vêtus à peu près comme lui, entrèrent l'épée à la main. Après

avoir fait divers gestes singuliers , comme
s'ils eussent joué une pantomime , ils lui
adressèrent, chacun à son tour, et d'un ton
solennel, des paroles incompréhensibles. Il
se leva, marcha vers eux, et leur répondit
des paroles également obscures, et qui n'of-
fraient aucun sens à mon esprit, quoique je
sache aussi bien l'allemand à présent que ma
langue maternelle. Ce dialogue ressemblait
à ceux qu'on entend dans les rêves ; et la bizarrerie de cette scène, le merveilleux de
cette apparition tenaient effectivement du
songe, à tel point que j'essayai de remuer
pour m'assurer que je ne dormais point.
Mais Cagliostro me forçait de rester immobile,
et je reconnaissais la voix d'Albert si parfaitement, qu'il m'était impossible de douter de
la réalit de ce que je voyais. Enfin, empor-
tée par le désir de lui parler, j'allais oublier
mon serment, lorsque le capuchon noir re-

tomba sur ma tête. Je l'arrachai violemment,
mais l'étoile de cristal s'était effacée, et tout
était replongé dans les ténèbres. « Si vous faites
le moindre mouvement, murmura sourdement
Cagliostro d'une voix tremblante, ni vous
ni moi ne reverrons jamais la lumière. »
J'eus la force le de suivre et de marcher
encore longtemps avec lui en zigzags dans un
vide inconnu. Enfin, lorsqu'il m'ôta défini-
tivement le capuchon, je me retrouvai dans
son laboratoire éclairé faiblement ; comme
il l'était au commencement de cette aventure. Cagliostro était fort pâle, et tremblait encore; car j'avais senti, en marchant avec
lui, que son bras était agité d'un tressaille-
ment convulsif, et qu'il me faisait aller très-
vite, comme s'il eût été en proie à une grande frayeur. Les premières paroles qu'il me
dit furent des reproches amers sur mon *man-*

que de loyauté, et sur les *dangers épouvan-
tables* auxquels je l'avais exposé en cherchant
à violer mes promesses. « J'aurais dû me
rappeler, ajouta-t-il d'un ton dur et courroucé, que la parole d'honneur des femmes ne
les engage pas, et que l'on doit bien se garder de céder à leur vaine et téméraire curiosité. »

Jusque-là je n'avais pas songé à partager
la terreur de mon guide. J'avais été si frap-
pée de l'idée de retrouver Albert vivant, que
je ne m'étais pas demandé si cela était hu-
mainement possible. J'avais même oublié
que la mort m'eût à jamais enlevé cet ami si
précieux et si cher. L'émotion du magicien
me rappela enfin que tout cela tenait du
prodige, et que je venais de voir un spectre.
Cependant, ma raison repoussait l'impossible, et l'âcreté des reproches de Cagliostro
fit passer en moi une irritation maladive, qui

me sauva de la faiblesse : « Vous feignez de prendre au sérieux vos propres mensonges, lui dis-je avec vivacité ; mais vous jouez là un jeu bien cruel. Oh ! oui, vous jouez avec les choses les plus sacrées, avec la mort même.

— Ame sans foi et sans force ! me répondit-il avec emportement, mais avec une expression imposante ; vous croyez à la mort comme le vulgaire, et cependant vous avez eu un grand maître, un maître qui vous a dit cent fois : « *On ne meurt pas, rien ne meurt, il n'y a pas de mort.* » Vous m'accusez de mensonge, et vous semblez ignorer que le seul mensonge qu'il y ait ici, c'est le nom même de la mort dans votre bouche impie. » Je vous avoue que cette réponse étrange bouleversa toutes mes pensées, et vainquit un instant toutes les résistances de mon esprit troublé. Comment cet homme pouvait-il connaître si bien mes relations avec Albert, et jusqu'au secret de sa doctrine? Partageait-il sa foi, ou s'en faisait-il une arme pour prendre de l'ascendant sur mon imagination ?

Je restai confuse et atterrée. Mais bientôt je me dis que cette manière grossière d'interpréter la croyance d'Albert ne pouvait pas être la mienne, et qu'il ne dépendait que de Dieu, et non de l'imposteur Cagliostro, d'évoquer la mort ou de réveiller la vie. Convaincue, enfin, que j'étais la dupe d'une illusion inexplicable, mais dont je trouverais peut-être le mot quelque jour, je me levai en louant froidement le sorcier de son savoir-faire, et en lui demandant, avec un peu d'ironie, l'explication des discours bizarres que tenaient ses ombres entre elles. Là-dessus, il me répondit qu'il lui était impossible de me satisfaire, et que je devais me contenter d'avoir vu *cette personne* calme et *utilement occupée*. « Vous me demanderiez vainement, ajouta-t-il, quelles sont ses pensées et son action dans la vie. J'ignore d'elle jusqu'à son nom. Lorsque vous avez songé à elle en me demandant à la voir, il s'est formé entre elle et vous une communication mystérieuse que mon pouvoir a su rendre efficace jusqu'au point de l'amener devant vous. Ma science ne va pas au-delà.

— Votre science, lui dis-je, ne va pas même jusque-là ; car j'avais pensé à maître Porpora, et ce n'est pas maître Porpora que votre pouvoir a évoqué.

— Je n'en sais rien, répondit-il avec un sérieux effrayant ; je ne veux pas le savoir. Je n'ai rien vu, ni dans votre pensée, ni dans le tableau magique. Ma raison ne supporterait pas de pareils spectacles, et j'ai besoin de conserver toute ma lucidité pour exercer

ma puissance. Mais les lois de la science sont
infaillibles, et il faut bien que, sans en avoir
conscience peut-être, vous ayez pensé à un
autre qu'au Porpora, puisque ce n'est pas lui
que vous avez vu. »

— Voilà bien les belles paroles de cette
espèce de fous ! dit la princesse en haussant
les épaules. Chacun d'eux a sa manière de
procéder ; mais tous, au moyen d'un certain
raisonnement captieux qu'on pourrait appeler la logique de la démence, s'arrangent
pour ne jamais rester court et pour em-
brouiller par de grands mots les idées d'autrui.

— Les miennes l'étaient à coup sûr, reprit Consuelo, et je n'avais plus la faculté
d'analyser. Cette apparition d'Albert, vraie
ou fausse, me fit sentir plus vivement la
douleur de l'avoir perdu à jamais, et je fon-
dis en larmes.

— Consuelo ! me dit le magicien d'un ton
solennel, en m'offrant la main pour sortir,
(et vous pensez bien que mon nom véritable,
inconnu ici à tout le monde, fut une nouvelle
surprise pour moi, en passant par sa bouche), vous avez de grandes fautes à réparer,
et j'espère que vous ne négligerez rien pour
reconquérir la paix de votre conscience. » Je
n'eus pas la force de répondre. J'essayai en
vain de cacher mes pleurs à mes camarades,
qui m'attendaient avec impatience dans le
salon voisin. J'étais plus impatiente encore
de me retirer ; et dès que je fus seule, après
avoir donné un libre cours à ma douleur, je
passai la nuit à me perdre en réflexions et
en commentaires sur les scènes de cette fatale soirée. Plus je cherchais à la comprendre, plus je m'égarais dans un dédale d'in-
certitudes ; et je dois avouer que mes suppositions furent souvent plus folles et plus

maladives que ne l'eût été une crédulité
aveugle aux oracles de la magie. Fatiguée
de ce travail sans fruit, je résolus de suspen-
dre mon jugement jusqu'à ce que la lumière
se fît. Mais depuis ce temps je restai impressionnable, sujette aux vapeurs, malade d'esprit et profondément triste. Je ne ressentis
pas plus vivement que je ne l'avais fait jusque-là, la perte de mon ami; mais le remords, que son généreux pardon avait assoupi
en moi, vint me tourmenter continuellement.
En exerçant sans entraves ma profession
d'artiste, j'arrivai très vite à me blaser sur
les enivrements frivoles du succès; et puis,
dans ce pays où il me semble que l'esprit
des hommes est sombre comme le climat...

— Et comme le despotisme, ajouta l'abbesse.

— Dans ce pays où je me sens assombrie
et refroidie moi-même, je reconnus bientôt

que je ne ferais pas les progrès que j'avais
rêvés...

— Et quels progrès veux-tu donc faire ?
Nous n'avons jamais entendu rien qui appro-
chât de toi, et je ne crois pas qu'il existe dans
l'univers une cantatrice plus parfaite. Je te
dis ce que je pense, et ceci n'est pas un compliment à la Frédéric.

— Quand même Votre Altesse ne se trom-
perait pas, ce que j'ignore, ajouta Consuelo
en souriant (car excepté la Romanina et la
Tési, je n'ai guère entendu d'autre cantatrice
que moi), je pense qu'il y a toujours beaucoup à tenter et quelque chose à trouver au
delà de tout ce qui a été fait. Eh bien, cet
idéal que j'avais porté en moi-même, j'eusse
pu en approcher dans une vie d'action, de
lutte, d'entreprise audacieuse, de sympathies
partagées, d'enthousiasme en un mot ! Mais
la régularité froide qui règne ici, l'ordre mi-

litaire établi jusque dans les coulisses des
théâtres , la bienveillance calme et conti-
nuelle d'un public qui pense à ses affaires
en nous écoutant, la haute protection du roi
qui nous garantit des succès décrétés d'a-
vance, l'absence de rivalité et de nouveauté
dans le personnel des artistes et dans le
choix des ouvrages, et surtout l'idée d'une
captivité indéfinie ; toute cette vie bour-
geoise , froidement laborieuse , tristement
glorieuse et forcément cupide que nous me-
nons en Prusse, m'a ôté l'espoir et jusqu'au
désir de me perfectionner. Il y a des jours où
je me sens tellement privée d'énergie et dé-
pourvue de cet amour-propre chatouilleux
qui aide à la conscience de l'artiste, que je
payerais un sifflet pour me réveiller. Mais
hélas ! que je manque mon entrée ou que je
m'éteigne avant la fin de ma tâche, ce sont
toujours les mêmes applaudissements. Ils ne

me font aucun plaisir quand je ne les mérite
pas : ils me font de la peine quand, par hasard, je les mérite ; car ils sont alors tout
aussi officiellement comptés, tout aussi bien
mesurés par l'étiquette qu'à l'ordinaire, et je
sens pourtant que j'en mériterais de plus
spontanés ! Tout cela doit vous sembler pué-
ril, noble Amélie ; mais vous désiriez connaître le fond de l'âme d'une actrice, et je ne
vous cache rien.

— Tu expliques cela si naturellement,
que je le conçois comme si je l'éprouvais
moi-même. Je suis capable, pour te rendre
service, de te siffler lorsque je te verrai en-
gourdie, sauf à te jeter une couronne de ro-
ses quand je t'aurai éveillée.

— Hélas ! bonne princesse, ni l'un ni l'autre n'aurait l'agrément du roi. Le roi ne
veut pas qu'on offense ses comédiens, parce
qu'il sait que l'engouement suit de près les

huées. Mon ennui est donc sans remède,
malgré votre généreuse intention. A cette
langueur se joint tous les jours davantage le
regret d'avoir préféré une existence si fausse
et si vide d'émotions à une vie d'amour et
de dévouement. Depuis l'aventure de Cagliostro surtout, une noire mélancolie est
venue me saisir au fond de l'âme. Il ne se
passe pas de nuit que je ne rêve d'Albert,
et que je ne le revoie irrité contre moi, ou
indifférent et préoccupé, parlant un langage
incompréhensible, et livré à des méditations
tout à fait étrangères à notre amour, tel que
que je l'ai vu dans la scène magique. Je me
réveille baignée d'une sueur froide, et je
pleure en songeant que, dans la nouvelle
existence où la mort l'a fait entrer, son âme
douloureuse et consternée se ressent peut-
être de mes dédains et de mon ingratitude.
Enfin, je l'ai tué, cela est certain; et il n'est

au pouvoir d'aucun homme, eût-il fait un pacte avec toutes les puissances du ciel et de l'enfer, de me réunir à lui. Je ne puis donc rien réparer en cette vie que je traîne inutile et solitaire, et je n'ai d'autre désir que d'en voir bientôt la fin.

10

— N'as-tu donc pas contracté ici des ami-
tiés nouvelles? dit la princesse Amélie. Parmi
tant de gens d'esprit et de talent que mon
frère se vante d'avoir attirés à lui de tous les
coins du monde, n'en est-il aucun qui soit
digne d'estime ?

— Il en est certainement, madame; et si je ne m'étais sentie portée à la retraite et à la solitude, j'aurais pu trouver des âmes bienveillantes autour de moi. Mademoiselle Cochois...

— La marquise d'Argens, tu veux dire?

— J'ignore si elle s'appelle ainsi.

— Tu es discrète, tu as raison. Eh bien, c'est une personne distinguée?

— Extrêmement, et fort bonne au fond, quoiqu'elle soit un peu vaine des soins et des leçons de M. le marquis, et qu'elle regarde un peu du haut de sa grandeur, les artistes, ses confrères.

— Elle serait fort humiliée, si elle savait qui tu es. Le nom de Rudolstadt est un des plus illustres de la Saxe, et celui de d'Argens n'est qu'une mince gentilhommerie provençale ou Languedocienne. Et madame de Cocceï, comment est-elle? la connais-tu?

— Comme depuis son mariage, mademoiselle Barberini ne danse plus à l'opéra, et vit à la campagne le plus souvent, j'ai eu peu d'occasions de la voir. C'est de toutes les femmes de théâtre celle pour qui j'éprouvais le plus de sympathie, et j'ai été invitée souvent par elle et par son mari à aller les voir dans leurs terres; mais le roi m'a fait entendre que cela lui déplairait beaucoup, et j'ai été forcée d'y renoncer, sans savoir pourquoi je subissais cette privation.

— Je vais te l'apprendre. Le roi a fait la cour à mademoiselle Barberini, qui lui a préféré le fils du grand chancelier, et le roi craint pour toi le mauvais exemple. Mais parmi les hommes, ne t'es-tu liée avec personne ?

—J'ai beaucoup d'amitié pour M. François Benda, le premier violoniste de Sa Majesté. Il y a des rapports entre sa destinée et la

mienne. Il a mené la vie de zingaro dans sa
jeunesse, comme moi dans mon enfance;
comme moi, il est fort peu enivré des grandeurs de ce monde, et il préfère la liberté à
la richesse. Il m'a raconté souvent qu'il
s'était enfui de la cour de Saxe pour partager
la destinée errante, joyeuse et misérable des
artistes de grand chemin. Le monde ne sait
pas qu'il y a sur les routes et dans les rues
des virtuoses d'un grand mérite. Ce fut un
vieux juif aveugle qui fit, par monts et par
vaux, l'éducation de Benda. Il s'appelait
Lœbel, et Benda n'en parle qu'avec admiration, bien qu'il soit mort sur une botte de
paille, ou peut-être même dans un fossé.
Avant de s'adonner au violon, M. Franz
Benda avait une voix superbe et faisait du
chant sa profession. Le chagrin et l'ennui la
lui firent perdre à Dresde. Dans l'air pur de
la vagabonde liberté, il acquit un autre ta-

lent, son génie prit un nouvel essor ; et c'est de ce conservatoire ambulant qu'est sorti le magnifique virtuose dont Sa Majesté ne dédaigne pas le concours dans sa musique *de chambre*. George Benda, son plus jeune frère, est aussi un original plein de génie, tour-à-tour épicurien et misanthrope. Son esprit fantasque n'est pas toujours aimable, mais il intéresse toujours. Je crois que celui-là ne parviendra pas à se *ranger* comme ses autres frères, qui tous portent avec résignation maintenant la chaîne dorée du dilettantisme royal. Mais lui, soit parce qu'il est le plus jeune, soit parce que son naturel est indomptable, parle toujours de prendre la fuite. Il s'ennuie de si bon cœur ici, que c'est un plaisir pour moi de m'ennuyer avec lui.

— Et n'espères-tu pas que cet ennui partagé amènera un sentiment plus tendre? Ce ne serait pas la première fois que l'amour serait né de l'ennui.

— Je ne le crains ni ne l'espère, répondit Consuelo ; car je sens que cela n'arrivera jamais. Je vous l'ai dit, chère Amélie, il se passe en moi quelque chose d'étrange. Depuis qu'Albert n'est plus, je l'aime, je ne pense qu'à lui, je ne puis aimer que lui. Je crois bien, pour le coup, que c'est la première fois que l'amour est né de la mort, et c'est pourtant ce qui m'arrive. Je ne me console pas de n'avoir pas donné du bonheur à un être qui en était digne, et ce regret tenace est devenu une idée fixe, une sorte de passion, une folie peut-être !

— Cela m'en a un peu l'air, dit la princesse. C'est du moins une maladie... Et pourtant c'est un mal que je conçois bien et que j'éprouve aussi ; car j'aime un absent que je ne reverrai peut-être jamais : n'est-ce pas à peu près comme si j'aimais un mort ?... Mais dis-moi, le prince Henri, mon frère, n'est-il pas un aimable cavalier ?

— Oui, certainement.

— Très amateur du beau, une âme d'artiste, un héros à la guerre, une figure qui frappe et plaît sans être belle, un esprit fier et indépendant, l'ennemi du despotisme, l'esclave insoumis et menaçant de mon frère le tyran, enfin le meilleur de la famille à coup sûr. On dit qu'il est fort épris de toi; ne te l'a-t-il pas dit ?

— J'ai écouté cela comme une plaisanterie.

— Et tu n'as pas envie de le prendre au sérieux ?

— Non, madame.

— Tu es fort difficile, ma chère ; que lui reproches-tu ?

— Un grand défaut, ou du moins un obstacle invincible à mon amour pour lui : il est prince.

— Merci du compliment, méchante! Ainsi il n'était pour rien dans ton évanouissement au spectacle ces jours passés? On a dit que le roi, jaloux de la façon dont il te regardait, l'avait envoyé aux arrêts au commencement du spectacle, et que le chagrin t'avait rendue malade.

— J'ignorais absolument que le prince eût été mis aux arrêts, et je suis bien sûre de n'en pas être la cause. Celle de mon accident est bien différente. Imaginez, madame, qu'au milieu du morceau que je chantais, un peu machinalement, comme cela ne m'arrive que trop souvent ici, mes yeux se portent au hasard vers les loges du premier rang qui avoisinent la scène; et tout-à-coup, dans celle de M. Golowkin, je vois une figure pâle se dessiner dans le fond et se pencher insensiblement comme pour me regarder. Cette figure, c'était celle d'Albert, madame. Je le jure devant Dieu, je l'ai vu, je l'ai reconnu; j'ignore si c'était une illusion, mais il est impossible d'en avoir une plus terrible et plus complète.

— Pauvre enfant! tu as des visions, cela est certain.

— Oh! ce n'est pas tout. La semaine dernière, lorsque je vous eus remis la lettre de M. de Trenck, comme je me retirais, je m'égarai dans le palais et rencontrai, à l'entrée du cabinet de curiosités, M. Stoss, avec qui je m'arrêtai à causer. Eh bien, je revis cette même figure d'Albert, et je la revis menaçante comme je l'avais vue indifférente la veille au théâtre, comme je la revois sans cesse dans mes rêves, courroucée ou dédaigneuse.

— Et M. Stoss la vit aussi?

— Il la vit fort bien, et me dit que c'était un certain Trismégiste que Votre Altesse s'amuse à consulter comme nécromancien.

— Ah! juste ciel! s'écria madame de Kleist en pâlissant; j'étais bien sûre que c'était un sorcier véritable! Je n'ai jamais pu regarder cet homme sans frayeur. Quoiqu'il ait de beaux traits et l'air noble, il a quelque chose de diabolique dans la physionomie, et je suis sûre, qu'il prend, comme un Protée, tous les aspects qu'il veut pour faire peur aux gens. Avec cela il est grondeur et frondeur comme tous les gens de son espèce. Je me souviens qu'une fois, en me tirant mon horoscope, il me reprocha à brûle-pourpoint d'avoir divorcé avec M. de Kleist, parce que M. de Kleist était ruiné. Il m'en faisait un grand crime. Je voulus m'en défendre, et comme il le prenait un peu haut avec moi, je commençais à me fâcher, lorsqu'il me

prédit avec véhémence que je me rema-
rierais, et que mon second mari périrait par
ma faute, encore plus misérablement que le
premier, mais que j'en serais bien punie par
mes remords et par la réprobation publique.
En disant cela, sa figure devint si terrible,
que je crus voir celle de M. Kleist ressuscité,
et que je m'enfuis dans l'appartement de Son
Altesse royale, en jetant de grands cris.

— Oui, c'était une scène plaisante, dit la
princesse qui, par instants, reprenait comme
malgré elle, son ton sec et amer : j'en ai ri
comme une folle.

— Il n'y avait pas de quoi! dit naïvement
Consuelo. Mais enfin qu'est-ce donc que ce
Trismégiste? et puisque Votre Altesse ne croit
pas aux sorciers...

— Je t'ai promis de te dire un jour ce que
c'est que la sorcellerie. Ne sois pas si pressée.
Quant à présent, sache que le devin Trismé-

giste est un homme dont je fais grand càs, et
qui pourra nous être fort utile à toutes trois...
et à bien d'autres !...

—Je voudrais bien le revoir, dit Consuelo ;
et quoique je tremble d'y penser, je voudrais
m'assurer de sang-froid s'il ressemble à M. de
Rudolstadt autant que je me le suis imaginé.

—— S'il ressemble à M. de Rudolstadt , dis-
tu... Eh bien , tu me rappelles une circonstance que j'aurais oubliée, et qui va expliquer,
peut-être fort platement, tout ce grand mystère... Attends! laisse-moi y penser un peu...
oui, j'y suis. Écoute ma pauvre enfant, et apprends à te méfier de tout ce qui semble surnaturel. C'est Trismégiste que Cagliostro t'a
montré ; car Trismégiste a des relations avec
Cagliostro, et s'est trouvé ici l'an dernier en
même temps que lui. C'est Trismégiste que
tu as vu au théâtre dans la loge du comte Golowkin ; car Trismégiste demeure dans sa

maison, et ils s'occupent ensemble de chimie ou d'alchimie. Enfin c'est Trismégiste que tu as vu dans le château le lendemain ; car ce jour-là, et peu de temps après t'avoir congédiée, j'ai vu Trismégiste ; et par parenthèse, il m'a donné d'amples détails sur l'évasion de Trenck.

— A l'effet de se vanter d'y avoir contribué, dit madame de Kleist, et de se faire rembourser par Votre Altesse des sommes qu'il n'a certainement pas dépensées pour cela. Votre Altesse en pensera ce qu'elle voudra ; mais, j'oserai le lui dire, cet homme est un chevalier d'industrie.

— Ce qui ne l'empêche pas d'être un grand sorcier, n'est-ce pas, de Kleist ? Comment concilies-tu tant de respect pour sa science et de mépris pour sa personne ?

— Eh ! madame, cela va ensemble on ne peut mieux. On craint les sorciers, mais on

les déteste. C'est absolument comme on fait
à l'égard du diable.

— Et cependant on veut voir le diable, et
on ne peut pas se passer des sorciers? Voilà
ta logique, ma belle de Kleist !

— Mais, madame, dit Consuelo qui écoutait avec avidité cette discussion bizarre, d'où
savez-vous que cet homme ressemble au
comte de Rudolstadt?

— J'oubliais de te le dire, et c'est un hasard bien simple qui me l'a fait savoir. Ce
matin, quand Supperville me racontait ton
histoire et celle du comte Albert, tout ce
qu'il me disait sur ce personnage étrange me
donna la curiosité de savoir s'il était beau, et
si sa physionomie répondait à son imagination extraordinaire. Supperville rêva quelques instants, et finit par me répondre :
« Tenez, madame, il me sera facile de vous
en donner une juste idée ; car vous avez

parmi vos *joujoux* un original qui ressem-
blerait effroyablement à ce pauvre Rudol-
stad s'il était plus décharné, plus hâve, et
coiffé autrement. C'est votre sorcier Trismégiste. » Voilà le fin mot de l'affaire, ma charmante veuve ; et ce mot n'est pas plus sorcier
que Cagliostro, Trismégiste, Saint-Germain
et compagnie.

— Vous m'ôtez une montagne de dessus
la poitrine, dit la Porporina, et un voile noir
de dessus la tête. Il me semble que je re-
nais à la vie, que je m'éveille d'un pénible
sommeil ! Grâces vous soient rendues pour
cette explication ! Je ne suis donc pas folle,
je n'ai donc pas de visions, je n'aurai donc
plus peur de moi-même !... Eh bien pourtant, voyez ce que c'est que le cœur humain !
ajouta-t-elle après un instant de rêverie ; je
crois que je regrette ma peur et ma faiblesse.
Dans mon extravagance, je m'étais presque

persuadée qu'Albert n'était pas mort, et qu'un
jour, après m'avoir fait expier par d'ef-
frayantes apparitions le mal que je lui ai
causé, il reviendrait à moi sans nuage et sans
ressentiment. Maintenant je suis bien sûre
qu'Albert dort dans le tombeau de ses ancê-
tres, qu'il ne se relèvera pas, que la mort ne
lâchera pas sa proie, et c'est une déplorable
certitude!

— Tu as pu en douter? Eh bien, il y a du
bonheur à être folle; quant à moi, je n'espé-
rais pas que Trenck sortirait des cachots de
la Silésie, et pourtant cela était possible, et
cela est!

— Si je vous disais, belle Amélie, toutes
les suppositions auxquelles mon pauvre esprit se livrait, vous verriez que, malgré leur
invraisemblance, elles n'étaient pas toutes
impossibles. Par exemple, une léthargie....
Albert y était sujet.... Mais je ne veux point

rappeler ces conjectures insensées; elles me font trop de mal, maintenant que la figure que je prenais pour Albert est celle d'un chevalier d'industrie.

— Trismégiste n'est pas ce que l'on croit... Mais ce qu'il y a de certain, c'est qu'il n'est pas le comte de Rudolstadt; car il y a plusieurs années que je le connais, et qu'il fait, en apparence du moins, le métier de devin. D'ailleurs il n'est pas si semblable au comte de Rudolstadt que tu te le persuades. Supperville, qui est un trop habile médecin pour faire enterrer un homme en léthargie, et qui ne croit pas aux revenants, a constaté des différences que ton trouble ne t'a pas permis de remarquer.

— Oh! je voudrais bien revoir ce Trismégiste! dit Consuelo d'un air préoccupé.

— Tu ne le reverras peut-être pas de sitôt, répondit froidement la princesse. Il est parti pour Varsovie le jour même où tu l'as vu dans ce palais. Il ne reste jamais plus de trois jours à Berlin. Mais il reviendra à coup sûr dans un an.

— Et si c'était Albert!... reprit Consuelo, absorbée dans une rêverie profonde.

La princesse haussa les épaules.

— Décidément, dit-elle, le sort me condamne à n'avoir pour amis que des fous ou des folles. Celle-ci prend mon sorcier pour son mari feu le chanoine de Kleist, celle-là, pour son défunt époux le comte de Rudolstadt ; il est heureux pour moi d'avoir une tête forte, car je le prendrais peut-être pour Trenck, et Dieu sait ce qui en arriverait. Trismégiste est un pauvre sorcier de ne point profiter de toutes ces méprises ! Voyons, Porporina, ne me regardez pas d'un air effaré et consterné, ma toute belle. Reprenez vos esprits. Comment supposez-vous que si le comte Albert,

au lieu d'être mort, s'était réveillé d'une léthargie, une aventure si intéressante n'eût
point fait de bruit dans le monde? N'avez-
vous conservé aucune relation, d'ailleurs,
avec sa famille, et ne vous en aurait-elle pas
informée?

— Je n'en ai conservé aucune, répondit
Consuelo. La chanoinesse Wenceslawa m'a
écrit deux fois en un an pour m'annoncer
deux tristes nouvelles : la mort de son frère
ainé Christian, père de mon mari, qui a ter-
miné sa longue et douloureuse carrière sans
recouvrer la mémoire de son malheur ; et la
mort du baron Frédéric, frère de Christian et
de la chanoinesse, qui s'est tué à la chasse,
en roulant de la fatale montagne de Schreck-
kenstein, au fond d'un ravin. J'ai répondu à
la chanoinesse comme je le devais. Je n'ai pas
osé lui offrir d'aller lui porter mes tristes
consolations. Son cœur m'a paru, d'après ses

lettres, partagé entre sa bonté et son orgueil.
Elle m'appelait sa *chère enfant*, sa *généreuse
amie*, mais elle ne paraissait désirer nullement les secours ni les soins de mon affection.

— Ainsi tu supposes qu'Albert, ressuscité,
vit tranquille et inconnu au château des
Géants, sans t'envoyer de billet de faire part,
et sans que personne s'en doute hors de l'en-
ceinte dudit château ?

— Non, madame, je ne le suppose pas ; car
ce serait tout à fait impossible, et je suis folle
de vouloir en douter, répondit Consuelo, en
cachant dans ses mains son visage inondé de
larmes.

La princesse semblait, à mesure que la
nuit s'avançait, reprendre son mauvais caractère ; le ton railleur et léger avec lequel
elle parlait de choses si sensibles au cœur

de Consuelo faisait un mal affreux à cette dernière.

— Allons, ne te désole pas ainsi, reprit brusquement Amélie. Voilà une belle partie de plaisir que nous faisons là ! Tu nous as raconté des histoires à porter le diable en terre ; de Kleist n'a pas cessé de pâlir et de trembler, je crois qu'elle en mourra de peur ; et moi, qui voulais être heureuse et gaie, je souffre de te voir souffrir, ma pauvre enfant !... » La princesse prononça ces dernières paroles avec le bon diapason de sa voix, et Consuelo, relevant la tête, vit qu'une larme de sympathie coulait sur sa joue, tandis que le sourire d'ironie contractait encore ses lèvres. Elle baisa la main que lui tendait l'abbesse, et la plaignit intérieurement de ne pouvoir pas être bonne pendant quatre heures de suite.

— Quelque mystérieux que soit ton châ-

teau des Géants, ajouta la princesse, quelque
sauvage que soit l'orgueil de la chanoinesse,
et quelque discrets que puissent être ses serviteurs, sois sûre qu'il ne se passe rien là qui
soit plus qu'ailleurs à l'abri d'une certaine
publicité. On avait beau cacher la bizarrerie
du comte Albert, toute la province a bientôt réussi à la connaître, et il y avait longtemps qu'on en avait parlé à la petite cour
de Bareith, lorsque Supperville fut appelé
pour soigner ton pauvre époux. Il y a maintenant dans cette famille un autre mystère
qu'on ne cache pas avec moins de soin sans
doute, et qu'on n'a pas préservé davantage
de la malice du public. C'est la fuite de la
jeune baronne Amélie, qui s'est fait enlever
par un bel aventurier peu de temps après la
mort de son cousin.

— Et moi, madame, je l'ai ignoré assez
longtemps. Je pourrais vous dire même que

tout ne se découvre pas dans ce monde; car jusqu'ici on n'a pas pu savoir le nom et l'état de l'homme qui a enlevé la jeune baronne, non plus que le lieu de sa retraite.

— C'est ce que Supperville m'a dit en effet. Allons, cette vieille Bohême est le pays aux aventures mystérieuses : mais ce n'est pas une raison pour que le comte Albert soit...

— Au nom du ciel, madame, ne parlons plus de cela. Je vous demande pardon de vous avoir fatiguée de cette longue histoire, et quand Votre Altesse m'ordonnera de me retirer...

— Deux heures du matin! s'écria madame de Kleist, que le son lugubre de l'horloge du château fit tressaillir.

— En ce cas, il faut nous séparer, mes chères amies, dit la princesse en se levant; car ma sœur d'Anspach va venir dès sept heures me réveiller pour m'entretenir des fre-

daines de son cher margrave qui est revenu
de Paris dernièrement, amoureux fou de mademoiselle Clairon. Ma belle Porporina, c'est
vous autres reines de théâtre qui êtes reines
du monde par le fait, comme nous le sommes
par le droit, et votre lot est le meilleur. Il
n'est point de tête couronnée que vous ne
puissiez nous enlever quand il vous en prend
fantaisie, et je ne serais pas étonnée de voir
un jour mademoiselle Hippolyte Clairon, qui
est une fille d'esprit, devenir margrave
d'Anspach, en concurrence avec ma sœur,
qui est une bête. Allons, donne-moi une pe-
lisse, de Kleist, je veux vous reconduire jusqu'au bout de la galerie.

— Et Votre Altesse reviendra seule? dit
madame de Kleist, qui paraissait fort troublée.

— Toute seule, répondit Amélie, et sans
aucune crainte du diable et des farfadets qui

tiennent pourtant cour plénière dans le château depuis quelques nuits, à ce qu'on assure.
Viens, viens, Consuelo ! nous allons voir la
belle peur de madame de Kleist en traversant la galerie.

La princesse prit un flambeau et marcha
la première, entraînant madame de Kleist,
qui était en effet très-peu rassurée. Consuelo
les suivit, un peu effrayée aussi, sans savoir
pourquoi.

— Je vous asssure, madame, disait madame de Kleist, que c'est l'heure sinistre, et
qu'il y a de la témérité à traverser cette partie du château dans ce moment-ci. Que vous
coûterait-il de nous laisser attendre une
demi-heure de plus ? A deux heures et demie,
il n'y a plus rien.

— Non pas, non pas, reprit Amélie, je ne
serais pas fâchée de la rencontrer et de voir
comment elle est faite.

— De quoi donc s'agit-il ? demanda Consuelo en doublant le pas pour s'adresser à
madame de Kleist.

— Ne le sais-tu pas? dit la princesse. La
femme blanche qui balaye les escaliers et les
corridors du palais, lorsqu'un membre de la
famille royale est près de mourir, est revenue
nous visiter depuis quelques nuits. Il paraît
que c'est par ici qu'elle prend ses ébats.
Donc ce sont mes jours qui sont menacés.
Voilà pourquoi tu me vois si tranquille. Ma
belle-sœur, la reine de Prusse (la plus pauvre tête qui ait jamais porté couronne!)
n'en dort pas, à ce qu'on assure, et va coucher tous les soirs à Charlottembourg ; mais,
comme elle respecte infiniment la balayeuse,
ainsi que la reine ma mère, qui n'a pas plus
de raison qu'elle à cet endroit-là , ces dames
ont eu soin de défendre qu'on épiât le fantôme et qu'on le dérangeât en rien de ses no-

bles occupations. Aussi le château est-il balayé d'importance, et de la propre main de Lucifer, ce qui ne l'empêche pas d'être fort malpropre, comme tu vois.

En ce moment un gros chat, accouru du fond ténébreux de la galerie, passa en ronflant et en jurant auprès de madame de Kleist, qui fit un cri perçant et voulut courir vers l'appartement de la princesse; mais celle-ci la retint de force en remplissant l'espace sonore de ses éclats de rire âpres et rauques, plus lugubres encore que la bise qui sifflait dans les profondeurs de ce vaste local. Le froid faisait grelotter Consuelo, et peut-être aussi la peur ; car la figure décomposée de madame de Kleist semblait attester un danger réel, et la gaieté fanfaronne et forcée de la princesse n'annonçait pas une sécurité bien sincère.

— J'admire l'incrédulité de Votre Altesse

royale, dit madame de Kleist d'une voix entrecoupée et avec un peu de dépit ; si elle
avait vu et entendu comme moi cette femme
blanche, la veille de la mort du roi son auguste père...

— Hélas ! répondit Amélie d'un ton sata-
nique, comme je suis bien sûre qu'elle ne
vient pas annoncer maintenant celle du roi
mon auguste frère, je suis fort aise qu'elle
vienne pour moi. La diablesse sait bien que
pour être heureuse, il me faut l'une ou l'autre de ces deux morts.

— Ah ! madame, ne parlez pas ainsi dans
un pareil moment ! dit madame de Kleist,
dont les dents se serraient tellement, qu'elle
prononçait avec peine. Tenez, au nom du
ciel, arrêtez-vous et écoutez : cela ne fait-il
pas frémir ?

La princesse s'arrêta d'un air moqueur, et
le bruit de sa robe de soie, épaisse et cassante

comme du carton, cessant de couvrir les bruits plus éloignés, nos trois héroïnes, parvenues presque à la grande cage d'escalier qui s'ouvrait au fond de la galerie, entendirent distinctement le bruit sec d'un balai qui frappait inégalement les degrés de pierre, et qui semblait se rapprocher en montant de marche en marche, comme eût fait un valet pressé de terminer son ouvrage.

La princesse hésita un instant, puis elle dit d'un air résolu :

« Comme il n'y a rien *là* de surnaturel, je veux savoir si c'est un laquais somnambule ou un page espiègle. Baisse ton voile, Porporina, il ne faut pas qu'on te voie dans ma compagnie. Quant à toi, de Kleist, tu peux te trouver mal si cela t'amuse. Je t'avertis que je ne m'occupe pas de toi. Allons, brave Rudolstadt, toi qui as affronté de pires aventures, suis-moi si tu m'aimes. »

Amélie marcha d'un pas assuré vers l'entrée de l'escalier ; Consuelo la suivit sans qu'elle lui permît de tenir le flambeau à sa place ; et madame de Kleist, aussi effrayée de rester seule que d'avancer, se traîna derrière elles en se cramponnant au mantelet de la Porporina.

Le balai infernal ne se faisait plus entendre, et la princesse arriva jusqu'à la rampe au-dessus de laquelle elle avança son flambeau pour mieux voir à distance. Mais, soit qu'elle fût moins calme qu'elle ne voulait le paraître, soit qu'elle eût aperçu quelque objet terrible, la main lui manqua, et le flambeau de vermeil, avec la bougie et sa collerette de cristal découpée, allèrent tomber avec fracas au fond de la spirale retentissante. Alors madame de Kleist, perdant la tête et ne se souciant pas plus de la princesse que de la comédienne, se mit à courir

jusqu'à ce qu'elle eût rencontré dans l'ob-
scurité la porte des appartements de sa maîtresse, où elle chercha un refuge, tandis
que celle-ci, partagée entre une émotion
insurmontable et la honte de s'avouer vaincue, reprenait avec Consuelo le même chemin, d'abord lentement, et puis peu à peu en
doublant le pas; car d'autres pas se faisaient
entendre derrière les siens, et ce n'étaient
pas ceux de la Porporina, qui marchait sur
la même ligne qu'elle, plus résolûment peut-
être, quoiqu'elle ne fît aucune bravade.
Ces pas étranges, qui, de seconde en seconde,
se rapprochaient de leurs talons, résonnaient
dans les ténèbres comme ceux d'une vieille
femme chaussée de mules, et claquaient sur
les dalles, tandis que le balai faisait toujours son office et se heurtait lourdement
à la muraille, tantôt à droite, tantôt à gauche. Ce court trajet parut bien long à Con-

suelo. Si quelque chose peut vaincre le courage des esprits vraiment fermes et sains, c'est
un danger qui ne peut être ni prévu ni com-
pris. Elle ne se piqua point d'une audace
inutile, et ne détourna pas la tête une seule
fois. La princesse prétendit ensuite l'avoir fait
inutilement dans les ténèbres; personne ne
pouvait démentir ni constater le fait. Consuelo
se souvint seulement qu'elle n'avait pas ra-
lenti sa marche, qu'elle ne lui avait pas
adressé un mot durant cette retraite forcée,
et qu'en rentrant un peu précipitamment
dans son appartement, elle avait failli lui
pousser la porte sur le visage, tant elle avait
hâte de la refermer. Cependant Amélie ne
convint pas de sa faiblesse et reprit assez
vite son sang-froid pour railler madame de
Kleist, qui était presque en convulsions, et
pour lui faire, sur sa lâcheté et son manque
d'égards, des reproches très amers. La bonté

compatissante de Consuelo, qui souffrait de l'état violent de la favorite, ramena quelque pitié dans le cœur de la princesse. Elle daigna s'apercevoir que madame de Kleist était incapable de l'entendre, et qu'elle était pâmée sur un sofa, la figure enfoncée dans les coussins. L'horloge sonna trois heures avant que cette pauvre personne eût parfaitement repris ses esprits; sa terreur se manifestait encore par des larmes. Amélie était lasse de n'être plus princesse, et ne se souciait plus de se déshabiller seule et de se servir elle-même, outre qu'elle avait peut-être l'esprit frappé de quelque pressentiment sinistre. Elle résolut donc de garder madame de Kleist jusqu'au jour.

« Jusque-là, dit-elle, nous trouverons bien quelque prétexte pour colorer l'affaire, si mon frère en entend parler. Quant à toi, Porporina, ta présence ici serait bien plus

difficile à expliquer, et je ne voudrais pour
rien au monde qu'on te vît sortir de chez
moi. Il faut donc que tu te retires seule, et
dès à présent, car on est fort matinal dans
cette chienne d'hôtellerie. Voyons, de Kleist,
calme-toi, je te garde, et si tu peux dire un
mot de bon sens, explique-nous par où tu es
entrée et dans quel coin tu as laissé ton chasseur, afin que la Porporina s'en serve pour
retourner chez elle. »

La peur rend si profondément égoïste,
que madame de Kleist, enchantée de ne plus
avoir à affronter les terreurs de la galerie,
et se souciant fort peu de l'angoisse que Consuelo pourrait éprouver en faisant seule ce
trajet, retrouva toute sa lucidité pour lui
expliquer le chemin qu'elle avait à prendre
et le signal qu'elle aurait à donner pour rejoindre son serviteur affidé à la sortie du palais, dans un endroit bien abrité et bien dé-

sert, où elle lui avait commandé d'aller
l'attendre.

Munie de ces instructions, et bien certaine
cette fois de ne pas s'égarer dans le palais,
Consuelo prit congé de la princesse, qui ne
s'amusa nullement à la reconduire le long de
la galerie. La jeune fille partit donc seule, à
tâtons, et gagna le redoutable escalier sans
encombre. Une lanterne suspendue, qui brû-
lait en bas, l'aida à descendre, ce qu'elle fit
sans mauvaise rencontre, et même sans
frayeur. Cette fois elle s'était armée de volonté ; elle sentait qu'elle remplissait un devoir envers la malheureuse Amélie, et, dans
ces cas-là, elle était toujours courageuse et
forte. Enfin, elle parvint à sortir du palais
par la petite porte mystérieuse dont madame
de Kleist lui avait remis la clef, et qui donnait sur un coin d'arrière-cour. Lorsqu'elle
fut tout à fait dehors, elle longea le mur ex-

térieur pour chercher le chasseur. Dès qu'elle eut articulé le signal convenu, une ombre, se détachant du mur, vint droit à sa rencontre, et un homme, enveloppé d'un large manteau, s'inclina devant elle, et lui présenta le bras en silence dans une attitude respectueuse.

11

Consuelo se souvint que madame de Kleist, pour mieux dissimuler ses fréquentes visites secrètes à la princesse Amélie, venait souvent à pied le soir au château, la tête enveloppée d'une épaisse coiffe noire, la taille d'une mante de couleur sombre, et le bras

appuyé sur celui de son domestique. De cette
façon, elle n'était point remarquée des gens
du château, et pouvait passer pour une de
ces personnes dans la détresse qui se ca-
chent de mendier, et qui reçoivent ainsi quelques secours de la libéralité des princes. Mais
malgré toutes les précautions de la confidente et de sa maîtresse, leur secret était un
peu celui de la comédie; et si le roi n'en prenait pas d'ombrage, c'est qu'il est de petits
scandales qu'il vaut mieux tolérer qu'ébruiter en les combattant. Il savait bien que ces
deux dames s'occupaient ensemble de Trenck
plus que de magie ; et bien qu'il condamnât
presque également ces deux sujets d'entretien, il fermait les yeux et savait gré intérieurement à sa sœur d'y porter une affectation de mystère qui mettait sa responsabilité à couvert aux yeux de certaines gens. Il
voulait bien feindre d'être trompé ; il ne voulait pas avoir l'air d'approuver l'amour et

les folies de sa sœur. C'était donc sur le malheureux Trenck que sa sévérité s'était appe-
santie, et encore avait-il fallu l'accuser de
crimes imaginaires pour que le public ne
pressentît pas les véritables motifs de sa disgrâce.

La Porporina, pensant que le serviteur de
madame deKleist devait aider à son incognito, en lui donnant le bras de même qu'à sa
maîtresse, n'hésita point à accepter ses services, et à s'appuyer sur lui pour marcher
sur le pavé enduit de glace. Mais elle n'eut
pas fait trois pas ainsi, que cet homme lui
dit d'un ton dégagé : « Eh bien, ma belle
comtesse, dans quelle humeur avez-vous
laissé votre fantasque Amélie? »

Malgré le froid et la bise, Consuelo sentit
le sang lui monter aux joues. Selon toute apparence, ce valet la prenait pour sa maîtresse, et trahissait ainsi une intimité révol-
tante avec elle. La Porporina, saisie de dé-

goût, retira son bras de celui de cet homme,
en lui disant sèchement : « Vous vous trompez. »

— Je n'ai pas l'habitude de me tromper,
reprit l'homme au manteau avec la même ai-
sance. Le public peut ignorer que la divine
Porporina est comtesse de Rudolstadt ; mais
le comte de Saint-Germain est mieux instruit.

— Qui êtes-vous donc ? dit Consuelo bouleversée de surprise ; n'appartenez-vous pas
à la maison de madame la comtesse de
Kleist?

— Je n'appartiens qu'à moi-même, et ne
suis serviteur que de la vérité, reprit l'inconnu. Je viens de dire mon nom ; mais je vois
qu'il est ignoré de madame de Rudolstadt.

— Seriez-vous donc le comte de Saint-
Germain en personne ?

— Et quel autre pourrait vous donner un
nom que le public ignore ? Tenez, madame

la comtesse, voici deux fois que vous avez
failli tomber en deux pas que vous avez faits
sans mon aide. Daignez reprendre mon bras.
Je sais fort bien le chemin de votre demeure,
et je me fais un devoir et un honneur de vous
y reconduire saine et sauve.

— Je vous remercie de votre bonté, monsieur le comte, répondit Consuelo, dont la
curiosité était trop excitée pour refuser l'offre de cet homme intéressant et bizarre : au-
rez-vous celle de me dire pourquoi vous
m'appelez ainsi?

— Parce que je désire obtenir votre confiance d'emblée en vous montrant que j'en
suis digne. Il y a longtemps que je sais votre
mariage avec Albert, et je vous ai gardé à
tous deux un secret inviolable, comme je le
garderai tant que ce sera votre volonté.

— Je vois que ma volonté à cet égard est
fort peu respectée par M. Supperville, dit
Consuelo qui se pressait d'attribuer à ce der-

nier les notions de M. de Saint-Germain sur
sa position.

— N'accusez pas ce pauvre Supperville,
reprit le comte. Il n'a rien dit, si ce n'est à
la princesse Amélie, pour lui faire sa cour.
Ce n'est pas de lui que je tiens le fait.

— Et de qui donc, en ce cas, monsieur?

— Je le tiens du comte Albert de Rudolstadt lui-même. Je sais bien que vous allez me
dire qu'il est mort pendant qu'on achevait la
cérémonie religieuse de votre hyménée;
mais je vous répondrai qu'il n'y a pas de mort,
que personne, que rien ne meurt, et que l'on
peut s'entretenir encore avec ce que le vulgaire appelle les trépassés, quand on connaît
leur langage et les secrets de leur vie.

— Puisque vous savez tant de choses, monsieur; vous n'ignorez peut-être pas que de
semblables assertions ne me peuvent aisément
convaincre, et qu'elles me font beaucoup de
mal, en me présentant sans cesse l'idée d'un

malheur que je sais être sans remède, en dépit des promesses menteuses de la magie.

— Vous avez raison d'être en garde contre les magiciens et les imposteurs. Je sais
que Cagliostro vous a effrayée d'une apparition au moins intempestive. Il a cédé à la
gloriole de vous montrer son pouvoir, sans
s'inquiéter de la disposition de votre âme et
de la sublimité de sa mission. Cagliostro n'est
cependant pas un imposteur, tant s'en faut !
Mais c'est un vaniteux, et c'est par là qu'il a
mérité souvent le reproche de charlata-
nisme.

— Monsieur le comte, on vous fait le même reproche ; et comme cependant on ajoute
que vous êtes un homme supérieur, je me
sens le courage de vous dire franchement les
préventions qui combattent mon estime pour
vous.

— C'est parler avec la noblesse qui convient à Consuelo, répondit M. de Saint-Ger-

main avec calme, et je vous sais gré de
faire cet appel à ma loyauté. J'en serai digne, et je vous parlerai sans mystère. Mais
nous voici à votre porte, et le froid, ainsi
que l'heure avancée, me défendent de vous
retenir ici plus longtemps. Si vous voulez apprendre des choses de la dernière importance, et d'où votre avenir dépend, permettez-moi de vous entretenir en liberté.

— Si votre Seigneurie veut venir me voir
dans la journée, je l'attendrai chez moi à
l'heure qu'elle m'indiquera.

— Il faut que je vous parle demain; et
demain vous recevrez la visite de Frédéric,
que je ne veux pas rencontrer, parce que je
ne fais aucun cas de lui.

— De quel Frédéric voulez-vous parler,
monsieur le comte?

— Oh! ce n'est pas de notre ami Frédéric de Trenck que nous avons réussi à tirer
de ses mains. C'est de ce méchant petit roi

de Prusse qui vous fait la cour. Tenez, il y
aura demain grande redoute à l'Opéra;
soyez-y. Quelque déguisement que vous pre-
niez, je vous reconnaîtrai et me ferai reconnaître de vous. Dans cette cohue, nous trouverons l'isolement et la sécurité. Autrement,
mes relations avec vous amasseraient de
grands malheurs sur des têtes sacrées. A demain donc, madame la comtesse! »

En parlant ainsi, le comte de Saint-Germain salua profondément Consuelo et dispa-
rut, la laissant pétrifiée de surprise au seuil
de sa demeure.

« Il y a décidément, dans ce royaume de
la raison, une conspiration permanente contre la raison, se disait la cantatrice en s'endormant. A peine ai-je échappé à un des
périls qui menacent la mienne, qu'un autre
se présente. La princesse Amélie m'avait
donné l'explication des dernières énigmes,
et je me croyais bien tranquille; mais, au

même instant, nous rencontrons, ou du moins
nous entendons la balayeuse fantastique, qui
se promène dans ce château du doute, dans
cette forteresse de l'incrédulité, aussi tranquillement qu'elle l'eût fait il y a deux cents
ans. Je me débarrasse de la frayeur que me
causait Cagliostro, et voici un autre magicien qui paraît encore mieux instruit de mes
affaires. Que ces devins tiennent registre de
tout ce qui concerne la vie des rois et des
personnages puissants ou illustres, je le conçois; mais que moi, pauvre fille humble et
discrète, je ne puisse dérober aucun fait de
ma vie à leurs investigations, voilà qui me
confond et m'inquiète malgré moi. Allons!
suivons le conseil de la princesse. Comptons
que l'avenir expliquera encore ce prodige,
et, en attendant, abstenons-nous de juger.
Ce qu'il y aurait de plus extraordinaire peut-
être dans celui-ci, c'est que la visite du roi,
prédite par M. de Saint-Germain, eût lieu ef-

fectivement demain. Ce sera la troisième fois seulement que le roi sera venu chez moi. Ce M. de Saint-Germain serait-il son confident? On dit qu'il faut se méfier surtout de ceux qui parlent mal du maître. Je tâcherai de ne pas l'oublier. »

Le lendemain, à une heure précise, une voiture sans livrée et sans armoiries entra dans la cour de la maison qu'habitait la cantatrice, et le roi, qui l'avait fait prévenir, deux heures auparavant, d'être seule et de l'attendre, pénétra dans ses appartements le chapeau sur l'oreille gauche, le sourire sur les lèvres, et un petit panier à la main.

« Le capitaine Kreutz vous apporte des fruits de son jardin, dit-il. Des gens mal intentionnés prétendent que cela vient des jardins de Sans-Souci, et que c'était destiné au dessert du roi. Mais le roi ne pense point à nous, Dieu merci, et le petit baron vient passer une heure ou deux avec sa petite amie. »

Cet agréable début, au lieu de mettre Consuelo à son aise, la troubla étrangement. Depuis qu'elle conspirait contre sa volonté en recevant les confidences de la princesse Amélie, elle ne pouvait plus braver avec une impassible franchise le royal inquisiteur. Il eût fallu désormais le ménager, le flatter peut-être, détourner ses soupçons par d'adroites agaceries. Consuelo sentait que ce rôle ne lui convenait pas, qu'elle le jouerait mal, surtout s'il était vrai que Frédéric eût *du goût* pour elle, comme on disait à la cour, où l'on eût cru rabaisser la majesté royale en se servant du mot d'amour à propos d'une comédienne. Inquiète et troublée, Consuelo remercia gauchement le roi de l'excès de ses bontés, et tout aussitôt la physionomie du roi changea, et devint aussi morose qu'elle s'était annoncée radieuse.

« Qu'est-ce ? dit-il brusquement en fronçant le sourcil. Avez-vous de l'humeur ? êtes-vous malade ? pourquoi m'appelez-vous *sire ?* Ma visite vous dérange de quelque amourette ?

— Non, sire, répondit la jeune fille en reprenant la sérénité de la franchise. Je n'ai ni amourette ni amour.

— A la bonne heure ! Quand cela serait, après tout, que m'importe ? mais j'exigerais que vous m'en fissiez l'aveu.

— L'aveu ? M. le capitaine veut dire la confidence sans doute ?

— Expliquez la distinction.

— Monsieur le capitaine la comprend de reste.

— Comme vous voudrez ; mais distinguer n'est pas répondre. Si vous étiez amoureuse, je voudrais le savoir.

— Je ne comprends pas pourquoi.

— Vous ne le comprenez pas du tout ?

regardez-moi donc en face. Vous avez le regard bien vague aujourd'hui !

— Monsieur le capitaine, il me semble
que vous voulez singer le roi. On dit que
quand il interroge un accusé, il lui lit dans le
blanc des yeux. Croyez-moi, ces façons-là
ne vont qu'à lui ; et encore, s'il venait chez
moi pour me les faire subir, je le prierais de
retourner à ses affaires.

— C'est cela ; vous lui diriez : « Va te promener, sire. »

— Pourquoi non ? La place du roi est sur
son cheval ou sur son trône, et s'il avait le
caprice de venir chez moi, je serais en droit
de ne pas le souffrir maussade.

— Vous auriez raison ; mais dans tout cela
vous ne me répondez pas. Vous ne voulez
pas me prendre pour le confident de vos prochaines amours ?

— Il n'y a point de prochaines amours pour
moi, je vous l'ai dit souvent, baron.

— Oui, en riant, parce que je vous interrogeais de même; mais si je parle sérieusement à cette heure?

— Je réponds de même.

— Savez-vous que vous êtes une singulière personne?

— Pourquoi cela?

— Parce que vous êtes la seule femme de théâtre qui ne soit pas occupée de belles passions ou de galanterie.

— Vous avez une mauvaise idée des femmes de théâtre, monsieur le capitaine?

— Non! j'en ai connu de sages; mais elles visaient à de riches mariages, et vous, on ne sait à quoi vous songez.

— Je songe à chanter ce soir.

— Ainsi vous vivez au jour le jour?

— Désormais, je ne vis pas autrement.

— Il n'en a donc pas été toujours ainsi?

— Non monsieur.

— Vous avez aimé?

— Oui, monsieur.

— Sérieusement ?

— Oui, monsieur.

— Et longtemps ?

— Oui, monsieur.

— Et qu'est devenu votre amant ?

— Mort !

— Mais vous en êtes consolée ?

— Non.

— Oh ! vous vous en consolerez bien ?

— Je crains que non.

— Cela est étrange. Ainsi, vous ne voulez pas vous marier ?

— Jamais.

— Et vous n'aurez pas d'amour ?

— Jamais.

— Pas même un ami ?

— Pas même un ami comme l'entendent les belles dames.

— Bast ! si vous alliez à Paris, et que le roi Louis XV, ce galant chevalier...

— Je n'aime pas les rois, monsieur le capitaine, et je déteste les rois galants.

— Ah! je comprends; vous aimez mieux les pages. Un joli cavalier, comme Trenck, par exemple!

— Je n'ai jamais songé à sa figure.

— Et cependant vous avez conservé des relations avec lui!

— Si cela était, elles seraient de pure et honnête amitié.

— Vous convenez donc que ces relations subsistent?

— Je n'ai pas dit cela, répondit Consuelo, qui craignit de compromettre la princesse par ce seul indice.

— Alors vous le niez?

— Je n'aurais pas de raisons pour le nier, si cela était; mais d'où vient que le capitaine Kreutz m'interroge de la sorte? Quel intérêt peut-il prendre à tout cela?

— Le roi en prend apparemment, repartit

Frédéric en ôtant son chapeau et en le posant brutalement sur la tête d'une Polymnie en marbre blanc dont le buste antique ornait la console.

— Si le roi me faisait l'honneur de venir chez moi, dit Consuelo, en surmontant la terreur qui s'emparait d'elle, je penserais qu'il désire entendre de la musique, et je me mettrais à mon clavecin pour lui chanter l'air d'*Ariane abandonnée*...

— Le roi n'aime pas les prévenances. Quand il interroge, il veut qu'on lui réponde clair et net. Qu'est-ce que vous avez été faire cette nuit dans le palais du roi? Vous voyez bien que le roi a le droit de venir faire le maître chez vous, puisque vous allez chez lui à des heures indues sans sa permission? »

Consuelo trembla de la tête aux pieds; mais elle avait heureusement dans toutes sortes de dangers une présence d'esprit qui l'avait toujours sauvée comme par miracle. Elle se rappela que Frédéric plaidait souvent le faux pour savoir le vrai, et qu'il passait pour arracher les aveux par la surprise plus que par tout autre moyen. Elle se tint sur ses gardes, et, souriant à travers sa pâleur, elle répondit : « Voilà une singulière accusation, et je ne sais ce qu'on peut répondre à des demandes fantastiques.

—Vous n'êtes plus laconique comme tout-à-l'heure, reprit le roi ; comme on voit bien que vous mentez ! Vous n'avez pas été cette nuit au palais? répondez *oui* ou *non?*

—Eh bien, non ! dit Consuelo avec courage préférant la honte d'être convaincue de mensonge, à la lâcheté de livrer le secret d'autrui pour se disculper.

— Vous n'en êtes pas sortie à trois heures du matin, toute seule ?

— Non, répondit Consuelo, qui retrouvait ses forces en voyant une imperceptible irrésolution dans la physionomie du roi, et qui jouait déjà la surprise avec supériorité.

— Vous avez osé dire trois fois non ! s'écria le roi d'un air courroucé et avec des regards foudroyants.

— J'oserai le dire une quatrième fois, si Votre Majesté l'exige, répondit Consuelo, résolue de faire face à l'orage jusqu'au bout.

— Oh ! je sais bien qu'une femme soutiendrait le mensonge dans les tortures, comme les premiers chrétiens y soutenaient ce qu'ils croyaient être la vérité. Qui pourra se flatter d'arracher une réponse sincère à un être féminin ? Écoutez, mademoiselle, j'ai eu jusqu'ici de l'estime pour vous, parce que je pensais que vous faisiez seule exception aux vices de votre sexe. Je ne vous croyais ni intrigante, ni perfide, ni effrontée. J'avais dans votre caractère une confiance qui allait jusqu'à l'amitié...

— Et maintenant, sire...

— Ne m'interrompez pas. Maintenant, j'ai mon opinion, et vous en sentirez les effets. Mais écoutez-moi bien. Si vous aviez le malheur de vous immiscer dans de petites intrigues de palais, d'accepter certaines confidences déplacées, de rendre certains services dangereux, vous vous flatteriez vainement de me tromper longtemps, et je vous chasserais d'ici aussi honteusement que je vous y ai reçue avec distinction et bonté.

— Sire, répondit Consuelo avec audace, comme le plus cher et le plus constant de mes vœux est de quitter la Prusse, quels que soient le prétexte de mon renvoi et la dureté de votre langage, je reçois avec reconnaissance l'ordre de mon départ.

— Ah! vous le prenez ainsi, s'écria Frédéric transporté de colère, et vous osez me parler de la sorte! « En même temps il leva sa canne comme s'il eût voulu frapper Consuelo ; mais l'air de mépris tranquille avec

lequel elle attendit cet outrage le fit rentrer
en lui-même, et il jeta sa canne loin de lui,
en disant d'une voix émue : Tenez, oubliez
les droits que vous avez à la reconnaissance
du capitaine Kreutz, et parlez au roi avec le
respect convenable; car si vous me poussez
à bout, je suis capable de vous corriger
comme un enfant mutin.

— Sire, je sais qu'on bat les enfants dans
votre auguste famille, et j'ai ouï dire que
Votre Majesté, pour se soustraire à de tels
traitements, avait autrefois essayé de prendre la fuite. Ce moyen sera plus facile à une
zingara comme moi qu'il ne l'a été au prince
royal Frédéric. Si Votre Majesté ne me fait
pas sortir de ses États dans les vingt-quatre
heures, j'aviserai moi-même à la rassurer
sur mes intrigues, en quittant la Prusse sans
passe-port, fallût-il fuir à pied et en sautant
les fossés, comme font les déserteurs et les
contrebandiers.

— Vous êtes une folle ! dit le roi en haussant les épaules et en marchant à travers la
chambre pour cacher son dépit et son repen-
tir. Vous partirez, je ne demande pas mieux,
mais sans scandale et sans précipitation. Je
ne veux pas que vous me quittiez ainsi, mécontente de moi et de vous-même. Où diable
avez-vous pris l'insolence dont vous êtes
douée? et quel diable me pousse à la débon-
naireté dont j'use avec vous ?

—Vous la prenez sans doute dans un scrupule de générosité dont Votre Majesté peut
se dispenser. Elle croit m'être redevable d'un
service que j'aurais rendu au dernier de ses
sujets avec le même zèle. Qu'elle se regarde
donc comme quitte envers moi, mille fois,
et qu'elle me laisse partir au plus vite : ma
liberté sera une récompense suffisante, et je
n'en demande pas d'autre.

— Encore? dit le roi confondu de l'obstination hardie de cette jeune fille. Toujours

le même langage? Vous n'en changerez pas
avec moi? Ah! ce n'est pas du courage, cela!
c'est de la haine!

— Et si cela était, reprit Consuelo, est-ce
que Votre Majesté s'en soucierait le moins du
monde?

— Juste ciel! que dites-vous là, pauvre
petite fille! dit le roi avec un accent de douleur naïve. Vous ne comprenez pas ce que
vous dites, malheureuse enfant! il n'y a
qu'une âme perverse qui puisse être insensible à la haine de son semblable.

— Frédéric le Grand regarde-t-il la Porporina comme un être de la même nature que
lui?

— Il n'y a que l'intelligence et la vertu
qui élèvent certains hommes au-dessus des autres. Vous avez du génie dans votre art. Votre
conscience doit vous dire si vous avez de la
loyauté... Mais elle vous dit le contraire dans

ce moment-ci, car vous avez l'âme remplie de fiel et de ressentiment.

— Et si cela était, la conscience du grand Frédéric n'aurait-elle rien à se reprocher pour avoir allumé ces mauvaises passions dans une âme habituellement paisible et généreuse ?

— Allons ! vous êtes en colère ? » dit Frédéric en faisant un mouvement pour prendre la main de la jeune fille ; mais il s'arrêta, retenu par cette gaucherie qu'un fond de mépris et d'aversion pour les femmes lui avait fait contracter. Consuelo, qui avait exagéré son dépit pour refouler dans le cœur du roi un sentiment de tendresse prêt à faire explosion au milieu de la colère, remarqua combien il était timide, et perdit toutes ses craintes en voyant qu'il attendait ses avances. C'était une singulière destinée, que la seule femme capable d'exercer sur Frédéric une sorte de prestige ressemblant à l'amour, fût peut-être la seule dans tout son royaume qui n'eût voulu à aucun prix encourager cette disposition. Il est vrai que la répugnance et la fierté de Consuelo étaient peut-être son principal attrait aux yeux du roi. Cette âme rebelle tentait le despote comme la conquête d'une province ; et sans qu'il s'en rendît compte, sans qu'il voulût mettre sa gloire à ce genre d'exploits frivoles, il sentait une admiration et une sympathie d'instinct pour un caractère fortement trempé qui lui semblait avoir, à quelque égard, une sorte de parenté avec le sien. « Voyons ! dit-il, en fourrant brusquement dans la poche de son gilet la main qu'il avait avancée vers Consuelo, ne me dites plus que je ne me soucie pas d'être haï ; car vous me feriez croire que je le suis, et cette pensée me serait odieuse !

— Et cependant vous voulez qu'on vous craigne.

— Non, jé veux qu'on me respecte.

— Et c'est à coups de canne que vos caporaux inspirent à vos soldats le respect de
votre nom.

— Qu'en savez-vous? De quoi parlez-vous
là? De quoi vous mêlez-vous?

— Je réponds *clair* et *net* à l'interrogatoire de Votre Majesté.

— Vous voulez que je vous demande pardon d'un moment d'emportement provoqué
par votre folie?

—Au contraire; si vous pouviez briser sur
ma tête la canne-sceptre qui gouverne la
Prusse, je prierais Votre Majesté de ramasser
ce jonc.

— Bah! quand je vous aurais un peu ca-
ressé les épaules avec, comme c'est une
canne que Voltaire m'a donnée, vous n'en
auriez peut-être que plus d'esprit et de malice. Tenez, j'y tiens beaucoup, à cette canne-
là; mais il vous faut une réparation, je le

vois bien. » En parlant ainsi le roi ramassa
sa canne, et se mit en devoir de la briser.
Mais il eut beau s'aider du genou, le jonc
plia et ne voulut point rompre. « Voyez, dit
le roi, en la jetant dans le feu, ma canne
n'est pas, comme vous le prétendez, l'image
de mon sceptre. C'est celle de la Prusse fidèle, qui plie sous ma volonté, et qui ne sera
point brisée par elle. Faites de même, Porporina, et vous vous en trouverez bien.

— Et quelle est donc la volonté de Votre
Majesté à mon égard? Voilà un beau sujet
pour exercer l'autorité et pour troubler la
sérénité d'un grand caractère !

— Ma volonté est que vous renonciez à
quitter Berlin, la trouvez-vous offensante?

Le regard vif et presque passionné de Frédéric expliquait assez cette espèce de réparation. Consuelo sentit renaître ses terreurs,
et, feignant de ne pas comprendre : « Pour
cela, répondit-elle, je ne m'y résignerai ja-

mais. Je vois trop qu'il faudrait payer cher
l'honneur d'amuser quelquefois Votre Majesté
par mes roulades. Le soupçon pèse ici sur
tout le monde. Les êtres les plus infimes et
les plus obscurs ne sont point à l'abri d'une
accusation, et je ne saurais vivre ainsi.

— Vous êtes mécontente de votre traitement, reprit le roi. Allons ! il sera aug-
menté.

— Non, sire. Je suis satisfaite de mon
traitement, je ne suis pas cupide. Votre Majesté le sait.

— C'est vrai. Vous n'aimez pas l'argent,
c'est une justice à vous rendre. On ne sait ce
que vous aimez, d'ailleurs !

— La liberté, sire.

— Et qui gêne votre liberté ? Vous me
cherchez querelle, et vous n'avez aucun motif à faire valoir. Vous voulez partir, voilà
ce qu'il y a de clair.

— Oui, sire.

— Oui? c'est bien décidé?

— Oui, sire.

— En ce cas, allez au diable! » Le roi prit
son chapeau, sa canne qui, en roulant sur
les chenets, n'avait pas brûlé, et, tournant
le dos, s'avança vers la porte. Mais, au moment de l'ouvrir, il se retourna vers Consuelo, et lui montra un visage si ingénument
triste, si paternellement affligé, si différent,
en un mot, de son terrible front royal, ou de
son amer sourire de philosophe sceptique,
que la pauvre enfant se sentit émue et repen-
tante. L'habitude qu'elle avait prise avec le
Porpora de ces orages domestiques lui fit
oublier qu'il y avait pour elle dans le cœur
de Frédéric quelque chose de personnel et de
farouche, qui n'était jamais entré dans l'âme
chastement et généreusement ardente de son
père adoptif. Elle se détourna pour cacher
une larme furtive, qui s'échappait de sa pau-
pière; mais le regard du lynx n'est pas plus

rapide que ne le fût celui du roi. Il revint sur
ses pas, et, levant de nouveau sa canne sur
Consuelo, mais cette fois avec l'air de tendresse dont il eût joué avec l'enfant de ses
entrailles : « Détestable créature ! lui dit-il,
d'une voix émue et caressante ; vous n'avez
pas la moindre amitié pour moi !

— Vous vous trompez beaucoup, monsieur le baron, répondit la bonne Consuelo,
fascinée par cette demi-comédie, qui répa-
rait si adroitement le véritable accès de colère brutale de Frédéric. J'ai autant d'amitié
pour le capitaine Kreutz que j'ai d'éloigne-
ment pour le roi de Prusse.

— C'est que vous ne comprenez pas, c'est
que vous ne pouvez pas comprendre le roi
de Prusse, reprit Frédéric. Ne parlons donc
pas de lui. Un jour viendra, quand vous aurez habité ce pays assez longtemps pour en
connaître l'esprit et les besoins, où vous
rendrez plus de justice à l'homme qui s'ef-

force de le gouverner comme il convient. En attendant, soyez un peu plus aimable avec ce pauvre baron, qui s'ennuie si profondément de la cour et des courtisans, et qui venait chercher ici un peu de calme et de bonheur, auprès d'une âme pure et d'un esprit candide. Je n'avais qu'une heure pour en profiter, et vous n'avez fait que me quereller. Je reviendrai une autre fois, à condition que vous me recevrez un peu mieux. J'amènerai *Mopsule* pour vous divertir, et, si vous êtes bien sage, je vous ferai cadeau d'un beau petit lévrier blanc qu'elle nourrit dans ce moment. Il faudra en avoir grand soin ! Ah ! j'oubliais ! Je vous ai apporté des vers de ma façon, des strophes sur la musique ; vous pourrez y adapter un air, et ma sœur Amélie s'amusera à le chanter. »

Le roi s'en alla tout doucement, après être revenu plusieurs fois sur ses pas en causant avec une familiarité gracieuse, et en prodi-

guant à l'objet de sa bienveillance de frivoles cajoleries. Il savait dire des riens quand
il le voulait, quoique en général sa parole
fût concise, énergique et pleine de sens. Nul
homme n'avait plus de ce qu'on appelait *du
fond* dans la conversation, et rien n'était
plus rare à cette époque que ce ton sérieux
et ferme dans les entretiens familiers. Mais
avec Consuelo, il eût voulu être bon enfant,
et il réussissait assez à s'en donner l'air, pour
qu'elle en fût parfois naïvement émerveil-
lée. Quand il fut parti, elle se repentit, comme à l'ordinaire, de ne pas avoir réussi à le
dégoûter d'elle et de la fantaisie de ces dan-
gereuses visites. De son côté, le roi s'en alla
à demi mécontent de lui-même. Il aimait
Consuelo à sa manière, et il eut voulu lui inspirer en réalité l'attachement et l'admiration
que ses faux amis les beaux esprits jouaient
auprès de lui. Il eut donné peut-être beaucoup, lui qui n'aimait guère à donner, pour

connaître une fois dans sa vie le plaisir d'être
aimé de bonne foi et sans arrière-pensée.
Mais il sentait bien que cela n'était pas facile
à concilier avec l'autorité dont il ne voulait
pas se départir; et, comme un chat rassasié
qui joue avec la souris prête à fuir, il ne savait trop s'il voulait l'apprivoiser ou l'étran-
gler. « Elle va trop loin, et cela finira mal, se
disait-il en remontant dans sa voiture; si elle
continue à faire la mauvaise tête, je serai
forcé de lui faire commettre quelque faute,
et de l'envoyer dans une forteresse pendant
quelque temps, afin que le régime émousse
ce fier courage. Pourtant j'aimerais mieux
l'éblouir et la gouverner par le prestige que
j'exerce sur tant d'autres. Il est impossible
que je n'en vienne pas à bout avec un peu de
patience. C'est un petit travail qui m'irrite et
qui m'amuse en même temps. Nous verrons
bien ! Ce qu'il y a de certain, c'est qu'il ne
faut pas qu'elle parte maintenant, pour aller

se vanter de m'avoir dit mes vérités impuné-
ment. Non, non ! elle ne me quittera que sou-
mise ou brisée... » Et puis le roi qui avait
bien d'autres choses dans l'esprit, comme on
peut croire, ouvrit un livre pour ne pas perdre cinq minutes à d'inutiles rêveries, et descendit de sa voiture sans trop se rappeler
dans quelles idées il y était monté.

La Porporina, inquiète et tremblante, se
préoccupa un peu plus longtemps des dangers de sa situation. Elle se reprocha beaucoup de n'avoir pas insisté jusqu'au bout sur
son départ, et de s'être laissée engager tacite-
ment à y renoncer. Mais elle fut tirée de ses
méditations par un envoi d'argent et de lettres que madame de Kleist lui faisait passer
pour M. de Saint-Germain. Tout cela était
destiné à Trenck, et Consuelo devait en accepter la responsabilité ; elle devait au besoin accepter aussi le rôle d'amante du fugi-
tif, pour couvrir le secret de la princesse

Amélie. Elle se voyait donc embarquée dans une situation désagréable et dangereuse, d'autant plus qu'elle ne se sentait pas très-rassurée sur la loyauté de ces agents mystérieux avec lesquels on la mettait en relation, et qui semblaient vouloir s'immiscer par contre-coup dans ses propres secrets. Elle s'occupa de son déguisement pour le bal de l'Opéra, où elle avait accepté le rendez-vous avec Saint-Germain, tout en se disant avec une terreur résignée qu'elle était sur le bord d'un abîme.

FIN DU TOME PREMIER.

IMPRIMERIE HYDRAULIQUE DE GIROUX ET VIALAT,
à Saint-Denis-du-Port près Lagny.

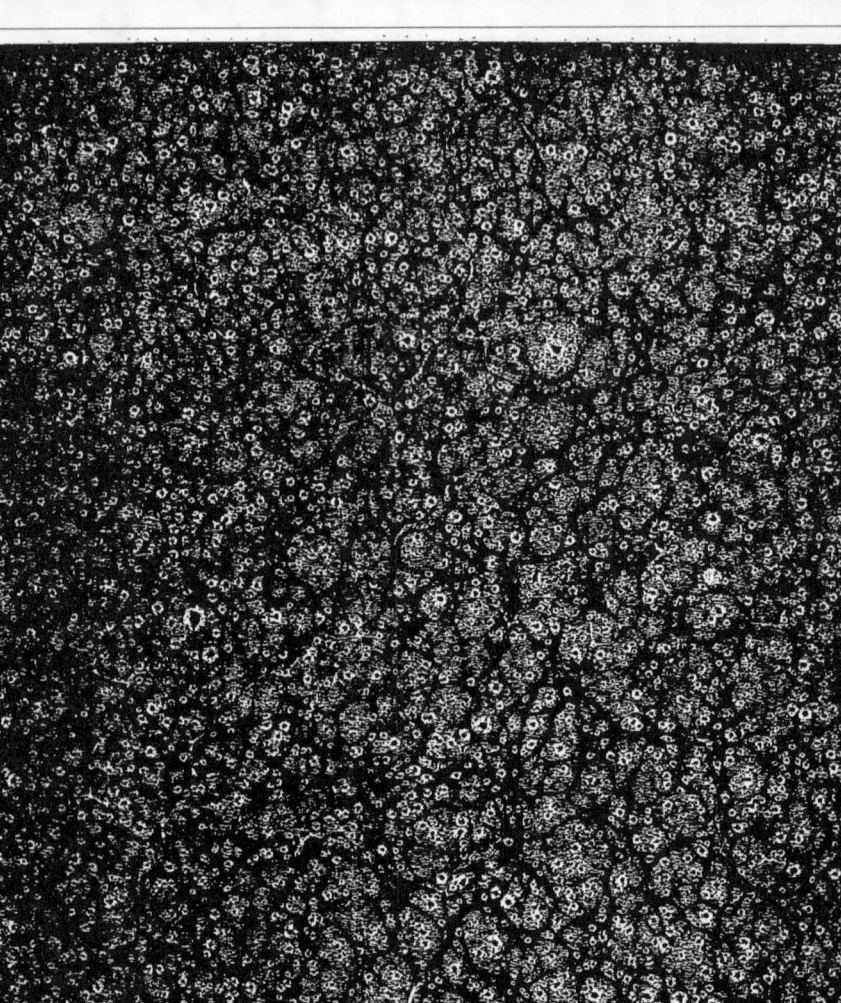